Y0-BGD-351

Les saintes chéries

NICOLE DE BURON

Nicole de Buron

Les saintes chéries

Nouvelle version

Éditions J'ai lu

Ce livre est dédié à :

– L'Homme de ma vie,

être admirable malheureusement...

... aveugle intermittent, ce qui l'empêche de distinguer mes robes neuves des vieilles. Mais pas de voir les autres femmes, même de très loin.

... sourd, au point de ne pas entendre le récit de mes démêlés avec les voisins du dessous (ceux dont les enfants ne me saluent pas). Cette petite surdité ne lui interdit pas, cependant, d'écouter les matches de rugby à la radio.

... muet à un tel degré qu'il est obligé de correspondre par grognements avec son entourage. Jusqu'au moment où il retrouve brusquement la parole pour barrir : « Qu'est-ce-que-c'est-que-cela ? Du surgelé, je parie ? » en désignant avec horreur la pizza Marinella dans son assiette.

... amnésique. Il oublie, le pauvre, la date de notre mariage mais jamais qu'il m'a donné des sous pour le marché, mardi dernier à 19 h 40.

(Et si j'en réclame à nouveau, il s'exclame : «Je me demande ce que tu peux bien faire de tout cet argent!»)

– *Mes enfants,*

Marguerite et Philippe, trésors de mon cœur, qui grandissent plus vite que leurs vêtements, commencent à réclamer de l'argent de poche, refusent de manger leurs carottes mais pas les gommes à crayon et croient fermement que leur pauvre mère n'a jamais connu l'ivresse de lire en cachette *Tintin,* la nuit, à la lueur d'une lampe de poche.

– *Rose, ma fidèle femme de ménage,*

qui explique à voix haute à ses casseroles que, si elle travaillait chez le docteur d'en face, elle gagnerait deux fois plus que chez moi.

– *Mon chien, Dick,*

qui ne veut manger que des pâtes fraîches et du bœuf bourguignon préparés par moi, et non les merveilleuses croquettes en sacs de 20 kilos du supermarché.

– Ma chère vieille voiture,

dans laquelle il faut sans cesse remettre des tickets de parking et de l'essence, et dont je dois payer aussi les contraventions et les factures échevelées du garagiste. Sans compter qu'il me faut la promener dans les embouteillages et que je jure à chaque fois de la vendre au ferrailleur mais je n'ai pas le cœur.

– Mon téléphone,

qui sonne toujours quand je suis dans mon bain.

– Mon coiffeur,

qui a su me faire comprendre que ce qui me sert de cheveux constitue une affreuse tignasse.

– La cellulite,

qui s'installe autour de mes hanches au moindre baba au rhum.

– Mon menuisier,

qui ne vient jamais.

– Certains des amis de l'Homme,

qui apparaissent à l'heure des repas et finissent le gigot prévu pour deux jours.

– Paris,

avec ses feux verts qui deviennent rouges quand c'est mon tour de passer, ses grilles de bouches de métro où se coincent mes talons, ses délicieux habitants qui me traitent de « pouffiasse » au moindre incident, ses merveilleuses boutiques qui ont l'art de me vendre ce que je ne devrais pas acheter.

– À tout cela et à tant d'autres choses encore qui remplissent à craquer ma vie quotidienne.

Une vie où le lait refuse de bouillir tant que je le regarde et déborde dès que j'ai le dos tourné. Une vie où les taches sautent sur les pulls en cachemire neufs et jamais sur les vieux tricots. Où il me manque toujours cinq minutes et huit autres bras. Où la rougeole s'abat sur les enfants le jour de leur départ en vacances. Une vie où les crayons à bille, les ciseaux à ongles et les peignes disparaissent comme par miracle. Où les boutons poussent sur mon menton le soir où je dîne chez des amis – les autres soirs, non. Une vie où mes clefs s'enfouissent dans la doublure de mon sac pendant que je trépigne sur le palier en entendant mon téléphone (encore lui) sonner de l'autre côté de la porte. (Je retourne alors le sac sur le paillasson. Tout roule par terre. Tant pis : voilà mes clefs. Victoire. J'ouvre ma porte. Je cours. Trop tard : le téléphone s'arrête juste de sonner. Un gros mot m'échappe : c'est le moment précis que choisissent mes enfants pour rentrer de l'école. Je dois mettre l'amende prévue – pour eux – dans la tirelire aux gros mots. Etc.)

Bref, une vie qui m'a donné depuis longtemps la conviction que, pour supporter un pareil tourbillon d'embêtements, j'étais *une sainte*.

Toutes les femmes le sont...

Mais beaucoup ne le savent pas.

Peut-être êtes-vous dans ce cas ?

J'espère alors que mon livre vous ouvrira les yeux si vous êtes vous aussi une de ces héroïnes qui s'ignorent, en butte aux malices de la fatalité quotidienne et qui, comme moi, y résistent allègrement. Enfin presque... Parce qu'il y a des jours où même le bon Dieu – s'Il était femme et mère de famille – perdrait patience. Non ?

Une Sainte Chérie.

VOTRE JOURNÉE

LE RÉVEIL DU TRAVAILLEUR

Le petit lever

L'Homme ouvre un œil. Le referme. Se retourne. Se rendort. Passent cinq minutes. Ce silence vous réveille complètement. Vous appelez : «Chéri?» L'Homme pousse un long gémissement et se cache sous les couvertures. Vous vous levez alors en soupirant et vous allez préparer le petit déjeuner. Lorsque vous revenez, l'Homme est assis sur le lit, les cheveux en broussaille, les yeux gonflés, l'air hagard. Il bâille à se décrocher la mâchoire. Vous inspectez sa gorge et vérifiez qu'il n'a pas d'angine.

Deux cas : ou l'Homme est de bonne humeur et il ne dit rien. Ou il est de mauvaise humeur et vous le saurez toujours assez tôt. Le jour de votre mariage, votre mère vous a recommandé : 1° de ne jamais adresser la parole à l'Homme avant le petit déjeuner. Il ne comprendrait même pas ce que vous dites; 2° de n'oublier à aucun prix que, même si vous travaillez autant et plus que lui à la maison (ou/et au bureau), c'est lui, l'Homme, qui se lève pour gagner le pain quotidien de la famille. En conséquence tous les égards sont dus à l'Homme à l'heure douloureuse où il se prépare à accomplir son devoir.

Le petit déjeuner

D'un air toujours absent, l'Homme engloutit ce que vous lui donnez. Il ignore totalement que c'est du café au lait. Vous tartinez à la chaîne des toasts qu'il croque avec un bruit de crocodile broyant un fémur. En faisant semblant d'écouter les informations désespérantes débitées par la radio.

Il est vêtu à cet instant de sa simple splendeur.

La toilette

Il entre dans la salle de bains. Vous tendez l'oreille. S'il est dans un jour *chat*, il manifeste son horreur de l'eau en se contentant d'ouvrir les robinets tout en prenant bien garde de ne pas se mouiller. Les enfants feront la même chose dans une demi-heure. Mais aujourd'hui, non, il a décidé de prendre une douche. Un grondement digne des chutes du Niagara vous l'apprend. L'eau ruisselle de toutes parts. L'Homme s'ébat joyeusement comme une grenouille lâchée dans une piscine. Il jette par terre

14

en boule toutes les serviettes de la maisonnée qu'il a utilisées au petit bonheur. Il s'inonde d'eau de lavande (flacon non refermé). Il se lave soigneusement les dents (tube non rebouché).

L'instant du rasoir. L'Homme s'aperçoit brusquement dans la glace. Il se regarde, surpris. Et exécute une série de grimaces épouvantables. Il tire la langue, louche, examine si un cheveu blanc lui a poussé pendant la nuit (abomination des abominations), fronce les sourcils, se tord le cou pour essayer de se voir de profil, fait pointer sa langue à travers sa joue, etc. Par un jeu de miroirs, vous l'observez tendrement du fond de votre lit. Le résultat de ces mimiques ne le satisfait probablement pas. Il vous crie qu'il a mal à l'estomac. Au foie. Aux tripes. Aux reins. Au crâne. Aux articulations. À la gorge. (Barrer la mention inutile.) Vous écoutez passionnément. Vous prononcez quelques paroles réconfortantes. Non, il n'a pas trop de cholestérol. Non, il n'a pas si mauvaise mine que cela. Oui, on mène une vie de fous à Paris, etc.

L'habillage

L'Homme va s'habiller. L'heure est grave. Dramatique même. Il veut les souliers qui sont chez le cordonnier, le costume rangé dans une valise, la cravate que vous oubliez depuis trois mois d'aller reprendre chez le teinturier. C'est le moment où les boutons sautent (le bouton est l'ennemi de la femme), où les doublures se décousent, où les chaussettes prennent le maquis. L'Homme met sa montre et s'aperçoit brutalement qu'il est en retard. Il grommelle, claque les portes, va, vient. Il a mis sa chemise et court ainsi gracieusement, pan arrière au ras des fesses. Bon sang, où est son caleçon? Quel est l'imbécile qui a pris son caleçon? Ah, il l'aperçoit sous le coussin du fauteuil! (Vous vous gardez bien de demander à voix haute quel est l'imbécile qui l'a glissé là.) Puis l'Homme enfile son pantalon. Qui tombe immédiatement sur ses mollets. Il le remonte et, d'un air absorbé, essaie d'enfouir sa chemise dedans.

Certaines épouses nerveuses préfèrent, dit-on, habiller l'Homme elles-mêmes. Cela se défend.

Le départ

Au moment de s'en aller, l'Homme vous aperçoit. Tiens, vous êtes là!... Il se penche vers votre front et murmure d'une voix éteinte : « Au revoir, ma chérie... » Puis il s'élance vers le Monde qui l'attend. Le téléphone sonne. L'Homme rugit de la première marche de l'escalier : « Si c'est le bureau, dis que je suis parti depuis au moins une demi-heure. Si c'est Paul, je veux lui parler. » Vous saisissez le récepteur en glapissant : « Alors, qu'est-ce que je dis?... »

Une heure après

Le téléphone sonne encore. C'est l'Homme. Il est réveillé. Il avait complètement oublié de vous dire qu'il ne rentrait pas déjeuner. Et il vient de s'apercevoir qu'il s'est trompé de pantalon. De gilet. De chaussettes. De cravate. De souliers. (Il en porte un noir et l'autre marron.) De veste. (Barrer la mention inutile.) Il a un déjeuner d'affaires très important. Pourriez-vous prendre un taxi et venir procéder à l'échange ?

Il existe pourtant des maris qui se lèvent en chantonnant, apportent le petit déjeuner au lit à leur femme, s'habillent posément et reviennent de leur bureau le soir, avec la même bonne humeur. Si, si, c'est vrai. Vous en avez connu un comme cela dans les premiers temps de votre mariage...

VOTRE MATINÉE

Vos enfants sont partis à l'école, l'Homme au bureau, la femme de ménage au marché. Vous entrez dans votre bain. C'est ce moment précis que choisit votre téléphone pour sonner. Vous décidez de ne pas bouger. Puis la curiosité devient intolérable. Et si c'était l'annonce de l'héritage d'une vieille tante béarnaise? Vous jaillissez de la baignoire et vous galopez vers l'appareil en inondant tout sur votre passage. «C'est toi, ma chérie? demande anxieusement votre mère au bout du fil, c'est épouvantable... je viens de commettre un crime... »

La victime est un pigeon. En effet, votre mère a déclaré une guerre sans merci à ces volatiles accusés de crotter son balcon. Utilisant les méthodes des services secrets de la ville de Paris, elle dispose devant sa fenêtre du grain mélangé à une traîtresse poudre somnifère, dite « endort-pigeon ». Les imprudents qui se hasardent à venir picorer tombent, plouff, endormis, les pattes en l'air! Il suffit de les saisir, de les

18

mettre dans une boîte percée de trous et d'aller le dimanche à la campagne les lâcher le plus loin possible des balcons parisiens. Drame! Hier soir, un pigeon cardiaque est mort...

Entortillée dans un peignoir, vous essayez d'apaiser le remords de votre mère qui, telle Lady Macbeth, est hantée par le spectre du pigeon. Vous lui suggérez de se confesser à la S.P.A., à Brigitte Bardot et à Allain Bougrain-Dubourg.

Vous vous lavez les dents. On sonne à la porte d'entrée. Vous allez ouvrir, la brosse à dents à la main. Un monsieur très digne, qui tient, lui, un mètre dans sa main, vous apprend qu'il vient pour le téléphone. Vous lui assurez qu'il s'agit d'une erreur : le téléphone marche très bien. Vous venez justement d'avoir un appel de votre mère qui a tué un pigeon. « Mais c'est pour le deuxième poste, dit l'inspecteur. – Quel deuxième poste ? »

L'inspecteur vous montre une demande en bonne et due forme, signée de la main de votre mari, et demandant l'installation d'un deuxième poste.

Vous avez retrouvé assez de sang-froid pour faire entrer l'inspecteur dans votre salon et téléphoner à l'Homme à son bureau pour savoir : a) où il veut son deuxième poste ; b) pourquoi il ne vous en a jamais parlé ; c) s'il le désire vraiment sur sa table de travail alors qu'il serait si bien à la tête de votre lit. L'inspecteur commence, avec son mètre, à mesurer tout l'appartement. Il part après avoir marmonné quelques chiffres entre ses dents.

Vous retournez dans la salle de bains. Un hurlement vous échappe. Il y a un homme accroupi sous votre lavabo. Il s'excuse aimablement. C'est le plombier. Il a trouvé la porte d'entrée ouverte et vu que vous étiez occupée... Il vient pour installer la douche neuve que vous aviez réclamée, il y a un an.

Vous êtes en train d'enfiler votre collant. On resonne à la porte d'entrée. « Voulez-vous que j'aille ouvrir ? » crie gentiment le plombier de l'autre côté de la cloison. « Merci, ne vous dérangez pas. » Vous y clopinez vous-même, collant entortillé autour des chevilles. Vous trouvez sur le palier deux malles, trois valises, une pile de cartons et un kilo de pommes vertes, qui roulent dans tous les sens. Au milieu de ce déménagement, la nouvelle étudiante allemande qui vient garder les enfants le soir. (La précédente s'est enfuie en larmes, il y a quarante-huit heures, le cœur brisé par un don Juan brésilien. Vous découvrirez plus tard qu'elle a dépensé en coups de téléphone avec Copacabana le montant de dix-huit notes de gaz – qu'elle ne vous remboursera jamais.) En priant le ciel que la jeune créature que voilà ne tombe pas amoureuse d'un Australien, vous traînez son déménagement dans sa chambre.

Le plombier passe la tête dans l'entrebâillement de la porte et vous signale que le flexible de la douche à main est trop court. Il faut, soit en acheter un autre, soit envisager de se doucher à genoux.

Vous retournez dans la salle de bains étudier la situation de près. Vous enlevez vos chaussures et vous entrez dans la baignoire pour évaluer la hauteur de la douche. Le plombier fait de même. C'est le moment que choisit l'étudiante pour venir demander « où sont les petites toilettes ». Elle reste saisie en vous apercevant debout dans la baignoire avec le plombier. Vous la rassurez doucement : il s'agit d'une simple scène de la vie quotidienne française.

Rose, la femme de ménage, rentre du marché, en retard. Elle vous annonce que le concierge est furieux parce que « l'Allemande » n'a pas renvoyé l'ascenseur. Et qu'il y a des pommes vertes dans tout l'escalier. Il va se plaindre au gérant. D'autre part, elle, Rose, a acheté du boudin pour le déjeuner et non du foie de veau, parce que le boudin c'est moins cher et que l'argent ne pousse pas vite dans la maison. Du reste, il n'y avait plus de foie de veau. Vous lui dites lâchement qu'elle a très bien fait. Vous savez parfaitement que toute votre petite famille déteste le boudin et que le déjeuner va être orageux.

On sonne à nouveau à l'entrée. Vous laissez Rose y aller. Elle vient vous demander, à travers la porte du salon, si vous êtes d'accord pour acheter à un faux élève des Beaux-Arts une aquarelle de Montmartre peinte à Taiwan. Oui, à condition qu'on vous laisse remplir en paix ces papiers de la Sécurité sociale auxquels vous ne comprenez rien. (Vous donnerez l'aquarelle en question au concierge pour Noël, en même temps que tous les autres locataires de l'immeuble.)

Encore la sonnerie de la porte. Rose, du fond de sa cuisine, aboie qu'elle ne restera pas dans une pareille maison de fous où l'on carillonne tout le temps, et que sa purée ne sera jamais prête. En soupirant, vous allez ouvrir vous-même la porte d'entrée. Vous trouvez, assis sur votre paillasson, deux témoins de Jéhovah. Ils vous annoncent que la fin du monde est proche.

Vos enfants rentrent de l'école. Un troupeau d'éléphants prenant d'assaut l'escalier ne ferait pas plus de bruit. Les témoins de Jéhovah s'en vont à leur tour. Vous signez le bulletin de notes de votre fille (pas fameux, mais enfin!).

Arrive un journal. Derrière, il y a votre mari. Il réclame que l'on se mette d'urgence à table, parce qu'il a un travail fou à son bureau. (Les jours où il n'a pas un travail fou à son bureau sont exceptionnels).

Téléphone. C'est une de vos amies qui travaille au ministère des Finances. Elle aimerait savoir si vous avez lu dans le journal d'aujourd'hui que la princesse Stéphanie se serait enfuie avec un bûcheron du Tyrol. Vous lui expliquez que vous n'en avez pas encore eu le temps. «C'est inouï, s'exclame-t-elle, toi qui as la chance de pouvoir rester tranquillement chez toi le matin...»

LE MARCHÉ

Certains matins, tout va de travers. Vous le sentez dès votre réveil. Il faudrait pouvoir se recoucher pour le reste de la journée. Malheureusement, vous devez aller au marché. Vous l'avez, hier, imprudemment annoncé à Rose au cours d'une discussion animée.

Rose : «J'peux pas tout faire dans cette maison.» Sous-entendu : Vous n'êtes pas fichue de m'aider. Vous : «Bon. J'irai au marché pendant que vous passerez l'aspirateur.» Sous-entendu : Vous faites des histoires. Je vais vous montrer, moi, comment vous débrouiller.

Vous partez avec une liste de courses griffonnée sur un petit bout de papier et deux paniers en paille «Souvenir de Capri».

Chez le boucher

Le gigot est terminé, la cervelle partie, les rognons absents et les côtelettes d'agneau coûtent une fortune. Il est trop tard pour envisager un pot-au-feu. Vous demandez à M. Raymond (c'est le nom de votre garçon habituel) si le bifteck est bien tendre. Question stupide. On n'a jamais entendu un boucher répondre que la viande qu'il vend ressemble à de la semelle de botte.

La caissière crie : «Est-ce que la commande de Mme Loridon est prête?» Aussitôt M. Raymond abandonne vos biftecks et se met en devoir de préparer un joli rôti pour Mme Loridon. Pendant ce temps-là, vous vous demandez si oui ou non vous devez glisser un pourboire à M. Raymond. Vos principes s'y opposent. Mais vous en avez assez d'entendre votre mari assurer qu'il n'y a que chez sa mère qu'il mange de la bonne viande. Et puis, la prochaine fois, peut-être serez-vous servie avant Mme Loridon?

Chez le poissonnier

Tout le monde sait qu'on reconnaît les poissons frais à leurs yeux clairs. Mais vous avez beau les fixer, vous n'arrivez pas à décider si leurs yeux sont clairs ou vitreux. À part peut-être ces limandes. «Ce ne sont pas des limandes, ce sont des soles, ma cocotte», dit la marchande railleuse, le mégot aux lèvres, les bras croisés. Vous auriez pu vous en douter déjà au prix. Vous prenez finalement des crevettes.

Une dame passe avec une petite poussette et, sournoisement, vous déchire votre collant.

Chez le marchand de fruits et légumes

Il en existe deux sortes. Ceux où tout le monde va. Et ceux où personne ne va. En partant du principe qu'il n'y a pas de fumée sans feu, vous suivez la foule et vous vous mettez au bout d'une file de vingt personnes. Vous achetez un kilo de poires en évitant soigneusement et les plus chères et les meilleur marché, comme votre mère vous l'a appris. Inutile de les choisir. La marchande le fait pour vous en prenant celles de derrière la première pile. Vous vous gardez bien d'insinuer qu'elles sont moins belles que les autres.

Vos paniers en paille « Souvenir de Capri » sont pleins. Vous avez tout du bourricot. Un camion manque de vous écraser. Vous êtes sauvée par le vendeur de salades à la sauvette qui hurle au chauffeur : « Eh ! malheureux, tue pas mes clientes. » Vous êtes si déprimée que vous vous demandez si votre disparition serait réellement un malheur pour les vôtres.

Chez le crémier

Vous y courez néanmoins : « Votre camembert... pour manger ce soir ou dans quarante-huit heures ? » demande une vendeuse pleine de sollicitude. De toute façon, elle vous donne celui qu'elle tenait à la main. À la minute où elle va prendre le billet que vous lui tendez, une dame surgit, haletante, dans la boutique. « J'ai oublié tout à l'heure de prendre des œufs », gémit-elle. Et du lait. Et du gruyère râpé. Et du roquefort. Pendant que votre vendeuse, qui vous a abandonnée, le billet à la main et la bouche ouverte, s'affaire auprès de cette infortunée, vous vous promettez de faire désormais, vous aussi, le coup du « ah ! j'ai oublié !!! » (Vous n'en aurez jamais l'audace.)

Au supermarché

Vous déposez à l'entrée vos paniers « Souvenir de Capri » et vous plongez dans la foule avec un caddie vide. Vous vous faufilez entre des ménagères frénétiques qui arrachent des rayons des kilos de café, des tonnes de sucre, des wagonnets de pâtes, des réserves d'huile pour la prochaine guerre mondiale, des paquets géants de papier toilette, etc, etc. Vous vous battez au rayon « yaourts » avec une garce qui prétend emporter tous les « goût bulgare » (vos préférés). Une hystérique claque sur vos doigts la porte vitrée du placard des surgelés au moment où ils attrapaient un Couscous Royal. Vous lui écrasez les pieds, à celle-là ! Une grosse dame a volé votre liste de courses et achète soigneusement vos produits d'entretien. Vous perdez alors la tête dans ce monde et ce bruit – mêlé à une musique arabe (?) – et vous remplissez votre caddie au hasard. En particulier de boîtes de dattes en promotion (explication de la musique arabe) alors que personne chez vous n'aime les dattes.

Miracle! Il n'y a que deux personnes devant vous à la caisse n°6. Mais ce sont deux mères de familles très nombreuses aux caddies débordant de provisions dont les étiquettes code/barres ont disparu. La caissière doit courir dans tout le supermarché à la recherche des prix. Votre seule consolation est, en vous retournant, de voir derrière vous une file de trente personnes muettes et exaspérées.

Vous entassez en vrac et à toute vitesse vos achats dans de petits sacs en plastique offerts par le supermarché avec la garantie qu'ils se déchireront au moment où vous traverserez l'avenue au milieu des voitures.

Chez le boulanger

Il pose obligeamment une baguette de pain en équilibre sur un de vos sacs et paniers. De toute façon, elle se casse en deux et tombe par terre. Vous ramassez et vous brossez légèrement. Il est bien connu que les Français sont plus résistants aux microbes que les Américains parce qu'ils mangent du pain un peu poussiéreux. Cette odeur de baguette chaude vous donne faim. Vous dévorez un croûton. Tant pis pour le régime. Vous constatez d'ailleurs que toutes les ménagères reviennent du marché avec des pains à un seul croûton.

Vous atteignez votre immeuble haletante, décoiffée, épuisée.

Vous montez vos quatre étages à pied, les enfants du sixième ayant réussi à mettre l'ascenseur en panne. Vous en avez plein les bras et les jambes. Arrivée chez vous, vous vous apercevez que les crevettes se sont mélangées aux petits-suisses, que les choux-fleurs ont écrasé les poires, qu'une tache inexplicable abîme à jamais un de vos jolis paniers de Capri, que vous avez une provision de dattes pour deux hivers...

« Et puis, vous avez oublié le beurre ! » dit Rose, goguenarde et triomphante.

LE COIFFEUR

Chez le coiffeur, il existe deux sortes de clientes : les autres et vous.

LES AUTRES

Elles arrivent impeccablement coiffées et habillées.

Le maître capillaire les salue sur le seuil de la boutique.

Elles accaparent immédiatement tout le personnel pour décider si oui ou non elles vont se faire couper une mèche au-dessus de l'oreille gauche.

On leur lave doucement les cheveux à l'eau tiède.

VOUS

Dès votre entrée, la moue de la caissière vous fait comprendre que vous n'êtes pas *lookée* assez mode pour le Salon où vous avez l'honneur d'être accueillie.

Une de vos amies vous a conseillé de demander M. Robert. Il y en a toujours un. Ou de prétendre vous appeler Rothschild. Cela fait son petit effet. Mais vous n'osez pas.

On vous tord la tête en arrière et l'on vous asperge d'un jet d'eau

Le chef couvert d'une serviette, elles attendent, l'œil mauvais, que M. Robert s'occupe d'elles.

Ce qui ne tarde pas.

Elles sont aussi transformées en monstres, mais ne paraissent pas en souffrir. (À noter la présence d'hommes qui vous surprend toujours. Vous ne vous habituez pas à voir, à côté de vous, de grands gaillards musclés se faire boucler, décolorer, bichonner, en peignoir rose.)

glacé suivi d'un jet brûlant. Ou le contraire. Après quoi, sûr que vous ne pourrez plus vous enfuir, on vous abandonne. Dans un courant d'air et le dos sillonné de rigoles humides. Quand votre tour vient, vos cheveux sont secs et il faut les remouiller. À l'eau froide.

Au cours des nombreuses manipulations que vous subissez vous avez tout le loisir de vous contempler dans la glace sous les aspects les plus horribles. La chevelure hirsute ou flasque. Le crâne hérissé de bigoudis (permanente). Le front zébré (teinture). Une mousse blanchâtre sous le nez (décoloration de la moustache). L'épouvante vous gagne. Vous perdez toute confiance en vous.

On s'empresse autour des Autres. On leur demande des nouvelles détaillées de leur santé.

Elles racontent leurs vacances aux manucures qui leur chouchoutent les ongles.

Elles n'ont pas l'air pressé. Peut-être ont-elles décommandé tous leurs rendez-vous de la journée et du lendemain ?

Elles lisent paisiblement.

Elles ont droit, elles, aux journaux récents et non déchirés.

Leurs brushings durent deux fois plus longtemps que les vôtres.

On n'a même pas l'air de vous voir. Vous êtes la Cliente Invisible. On vous oublie carrément dans un coin.

Vous n'avez jamais trouvé âme qui vive, dans un salon de coiffure, intéressée par vos vacances. Les manucures sont trop chères pour vous.

Brusquement, vous vous apercevez que vous êtes en retard. Le temps est une notion qui n'existe pas pour un coiffeur. Il n'a pas l'heure et ne veut pas la connaître. Sauf celle de votre arrivée. En retard, précise-t-il, aigre. Et le fait que vous n'êtes pas venue au Salon depuis 27 jours. Il a un ordinateur dans la tête !

C'est au moment où vous vous avisez que votre mari et vos enfants doivent déjà être morts de faim que

Elles font leurs confidences à M. Robert qui s'arrête, le peigne en l'air, pour écouter.

M. Robert dit avec son plus beau sourire : «Juste un petit coup de peigne et une larme de gel coiffant à ces deux dames et je suis à vous. » Or, vous les avez vues arriver après vous.

Vous trépignez sans oser rien dire. Votre seule ressource consiste à les fusiller du regard dans la glace. Malheureusement, elles survivent.

Elles s'en vont.

Enfin, c'est votre tour.

Monsieur Robert exécute votre brushing à vous, d'un tour de poignet et avec un air las.

À peine dans la rue, vous vous mettez à courir comme une dératée pour rattraper votre retard. Vous arrivez chez vous, hors d'haleine, les joues rouges comme des tranches de foie de veau, et, bien sûr, entièrement décoiffée.

Dans l'ascenseur, vous vous préparez à trois éventualités :

1° L'Homme dira : « Quelle horreur ! tu es allée chez le coiffeur. »

2° Il ne dira rien. C'est ce qu'il y a de pire.

3° Il dira (quelquefois) : « Mais que tu es jolie, ma chérie. »

C'est pour cela que vous retournez chez le coiffeur.

Seul, l'indomptable espoir de séduire son mari soutient une femme à travers toutes les épreuves.

LES BOUTIQUES DE MODE

Départ

Vous avez mis votre manteau en fausse fourrure et vos jolis dessous blancs réservés aux ven-
deuses et aux médecins, pour faire bonne impression. Vos talons claquent sur le trottoir.

Premier magasin

La vendeuse se précipite vers vous avec un
sourire chaleureux. Vous lui demandez le prix
de la petite robe, là, à gauche dans la vitrine,
toute simple, en jersey marine. Elle vous le dit.
Vous restez le souffle coupé. Puis vous essayez
de vous enfuir. Mais la vendeuse se jette devant
la porte. «Passez-la toujours», murmure-t-elle
avec une voix de sirène. Avant d'avoir pu dire
ouf, vous vous retrouvez dans une cabine d'es-
sayage. Comme dans un rêve, une main écarte
le rideau de velours et vous tend la robe. Elle
vous va divinement. Malheureusement, tout en
vous admirant dans la glace, vous calculez qu'il
vous faudrait économiser un parapluie, deux
permanentes, trois paires et demie de bas-jarre-

tière, et vendre la commode de votre grand-mère pour pouvoir la payer. Vous n'osez pas avouer ces petits problèmes financiers à la vendeuse. Et vous vous esquivez, avec l'air faussement désinvolte d'une cliente qui en a vu d'autres.

Deuxième magasin

Le tailleur en bourrette de soie de vos rêves vient de s'en aller sur le dos d'une cliente. On peut vous le refaire. Mais dans un autre tissu et dans une autre couleur et dans une autre forme et dans un mois.

Troisième magasin

On ne voit pas ce que vous voulez. Du reste, ce n'est pas à la mode cette année.

Quatrième magasin

Vous enfilez successivement dix-sept modèles. Trop grand, trop petit, trop cher, trop habillé, pas assez habillé, etc. La vendeuse est excédée. Le magasin est dans un tel désordre qu'on dirait qu'Attila est passé par là. Un sentiment de culpabilité vous envahit. Il reste un truc dans la vitrine, que vous n'avez pas essayé. La vendeuse, lugubre, enlève ses chaussures et grimpe le chercher au milieu de l'étalage. La sueur vous perle au front. Après cela, n'êtes-vous pas moralement obligée d'acheter quelque chose? Vous passez une combinaison-short si courte que l'Homme en aurait un infarctus. En plus, vous ressemblez dedans à une saucisse! Ce n'est pas l'avis de la vendeuse. « Ce petit modèle est fait pour vous », s'exclame-t-elle. « Le ton vous va à ravir », déclare à son tour la directrice que la vendeuse, à bout de forces, a sournoisement été chercher en renfort... « Et puis, c'est mode », reprend la vendeuse... « Elle me grossit », remarquez-vous plaintivement... « Pas du tout, s'indigne la directrice, elle vous moule, simplement. » « C'est tout le chic du modèle », assure la vendeuse. Elles hochent la tête toutes les deux avec admiration. Du coup, vous sombrez dans l'indécision la plus terrible. Après tout, avez-vous *vraiment* l'air d'une saucisse?... Votre mari aura-t-il *vraiment* un infarctus?... Oui. Silence interminable. Où trouver le courage de vous sauver sans rien acheter? Dieu des clientes, aidez-moi! Vous vous rhabillez à toute allure et bondissez vers la porte en bégayant lâchement : « Merci... à bientôt. » Sauvée! Mais vous avez quand même entendu la directrice dire à la vendeuse : « C'est la dernière fois que vous défaites l'étalage pour des clientes fauchées »...

Cinquième magasin

La vendeuse est en train de glousser au téléphone. Vous en profitez pour fouiller rapidement à la ronde et filer avant qu'elle ait terminé.

Septième magasin

Une vendeuse japonaise (?) vous gazouille dès
la porte que ses mini-jupes ne dépassent pas le
haut des fesses ni la taille 36. Dehors, gros boudin occidental !

Treizième magasin

Vous trouvez un tailleur-pantalon en flanelle
rouge qui vous plaît beaucoup. Mais c'est vous
qui ne plaisez pas à la vendeuse. On vous répond du bout des lèvres, en se tapotant les cheveux devant une glace. Comble de malchance,
une autre cliente entre dans la boutique. On
vous abandonne alors immédiatement pour
courir à sa rencontre. Vous vous glissez derrière
un paravent avec le tailleur-pantalon que vous
voulez essayer à tout prix. Résultat peu encou-
rageant. Vous n'arrivez pas à fermer la bra-
guette sauf en vous couchant par terre sur la
moquette du magasin et en retenant votre respiration. Vous vous découvrez brusquement cinq
kilos de trop, des rides, un double menton, et
même de la moustache. Le rouge de la honte au

front, vous rendez le modèle. On vous le re-prend avec un petit signe distant. On savait que ce n'était pas fait pour vous. Vous sortez sur la pointe des pieds, la tête dans les épaules, au bord de la dépression nerveuse... (Trois bonnes tasses de thé et quelques petits gâteaux seront nécessaires pour vous remettre. Mais vous obligeront à acheter la taille au-dessus.)

Dans la rue

L'élastique de vos bas-jarretière claque. Vous voilà avec vos bas-jarretière entortillés autour des chevilles. Vous vous réfugiez sous une porte cochère et vous les enlevez carrément sous l'œil soupçonneux d'une concierge portugaise.

Dix-septième magasin

La directrice a décidé de vous vendre un manteau en laine orange à porter avec un tee-shirt brodé et un caleçon noir à fleurs. D'abord, le modèle est chez Ungaro. Ensuite, par faveur spéciale, on vous donnera le tour d'une des baronnes de Rothschild. Tout cela est follement séduisant. Vous ouvrez la bouche pour dire oui. Mais, à la dernière seconde, prise de panique devant une décision aussi grave, vous annoncez que vous allez réfléchir. L'attitude de la directrice vous fait comprendre sur-le-champ que vous êtes folle. Vous demandez alors, d'un ton hypocritement enthousiaste, jusqu'à quelle heure la boutique reste ouverte... Comme si vous aviez l'intention de revenir. Cela ne trompe personne. «Vous ne le retrouverez peut-être plus tout à l'heure», insinue la directrice découragée. Cette phrase vous poursuit dans la rue. Vous regrettez votre sagesse.

Dix-neuvième magasin

Vos jambes vous rentrent dans le corps comme des épieux. Vous avez des ampoules aux pieds. Le plus grand vide règne dans votre cervelle. Vous vous retrouvez en train d'essayer une extravagante robe de cocktail en organza jaune paille volantée du haut en bas. Avant d'avoir compris ce qui vous arrivait, vous revoilà dans la rue avec un grand carton... Et dans le carton, la robe de cocktail en organza jaune paille volantée du haut en bas.

Arrivée en bas de chez vous, l'horreur de la situation vous apparaît. Comment avertir l'Homme? Une seule méthode : l'attendrir. Manifester la plus grande contrition. Sangloter. Jurer que l'on va se suicider. S'évanouir au besoin.

Dans huit jours, quand Il sera remis, il sera toujours temps de lui glisser un mot au sujet de votre réception. Celle que vous allez donner pour votre robe.

AU VOLANT DE VOTRE VOITURE

Il fait beau, Paris est ravissant. Vous fredonnez au volant de votre voiture :

« Ta-ra-ta-ta, lala... Ah! me voilà presque arrivée chez le docteur. J'ai un quart d'heure d'avance. Tout juste le temps de trouver tranquillement une place pour garer la voiture. Olé! Il y en a une plus loin – Non! C'est une porte cochère. Continuons. Qu'est-ce qui klaxonne derrière moi? Le conducteur de la Mercedes? Ben oui, je roule doucement, crétin, tu ne vois pas que je cherche à me garer? Hou! qu'il a l'air méchant! Je déteste les possesseurs de Mercedes! Achetez français. Faut pas s'énerver comme cela, mon petit père, sinon on devient cardiaque avant l'âge... C'est inouï à quel point les gens perdent leur calme en voiture, à Paris.

» Allons bon! Un panneau d'interdiction de stationner? En quel honneur? Personne n'en sait rien, sauf un petit fonctionnaire caché dans un bureau quelque part. Gardons notre sang-froid! Le plus sûr, c'est encore de se ranger du côté où sont déjà garées toutes les autres voitures. C'est-à-dire en face... Naturellement, c'est toujours du côté opposé où je suis. Il faut que je coupe toutes les files de voitures. Allons-y! Clignotant, amorçons la manœuvre... Mais enfin! madame, vous voyez bien que je veux aller en face me garer... Oui! me ga-rer! Pouffiasse, va! Son mari ne doit pas s'amuser tous les jours! Ne perdons pas notre calme. Laissons passer aussi ce monsieur si élégant. Hé là! sa portière frôle mon aile et il me regarde avec haine... Ben quoi, monsieur! j'ai mis mon clignotant, non?... Eh, va donc, pauvre connard...!

»... Ouf, ça y est... Me voilà du bon côté. Bien entendu, pas l'ombre d'une place en vue. Ah si! en voilà une... Non, c'est encore une porte cochère. Il n'y a que des portes cochères dans cette rue. Là, ce sont des clous. Et si je me glissais ici, moitié sur les clous? Allons bon... une contractuelle. Chère madame la contractuelle, je ne peux pas me mettre là, juste un petit peu sur les clous? Je vais chez mon médecin... le cancer... le Sida... Ah! ce qu'elles sont énervantes, celles-là, quand elles vous regardent fixement sans vous répondre et en tapotant leur crayon sur leur carnet de contraventions! Salope! Inutile d'insister. Filons. Qu'est-ce qui klaxonne de nouveau? Encore une voiture derrière? Mais voyons, monsieur à la 4 x 4 Range-Rover, vous voyez bien que je-roule-doucement-parce-que-je-cherche-un-endroit-pour-me-garer. Qu'est-ce qu'ils ont tous aujourd'hui? Victoire! Un trou entre deux Citroën... Non! C'est pas vrai... Je serai juste à l'heure chez le docteur... Ah! le type de la 4 x 4 s'est arrêté pile collé contre ma R5... Quel imbécile! Reculez, monsieur! Vous voyez bien que je veux me ranger là... Il fait semblant de ne pas comprendre! Mais qui m'a fichu un taré pareil! Reculez, monsieur, re-cu-lez! Naturellement, une autre voiture est venue stopper derrière la sienne. Et encore une autre. *Et il ne peut plus reculer.* Et il se tape le front avec la main en me regardant... Non, mais c'est fou! Pauvre con! Faux aventurier! Si je m'écoutais, je descendrais et j'irais lui dire ce que je pense de lui.

»... Mais ne perdons pas notre calme... Le mieux est encore de faire en vitesse le tour du pâté de maisons et de revenir. Peut-être aurai-je la chance que personne ne me chipe la place pendant ce temps-là... Première rue : sens interdit... Deuxième rue : sens interdit... et alors? Comment tourne-t-on à gauche, dans ce quartier? Peut-être jamais, après tout. Tiens! ma parole, dans cette petite rue, il y a toute la place que l'on veut! Maman! c'est trop beau... Je ne serai en retard que d'un quart d'heure...

»... Attention! Minute! Qu'est-ce que j'aperçois? Des contraventions sur le pare-brise des autres voitures. À qui se fier, alors... Elles ont pourtant, toutes, leur ticket de parking. Alors pourquoi? Parce que. À Paris, il faut partir du principe que tout est interdit aux automobilistes et que si l'on n'attrape pas de contraventions, c'est uniquement par chance. Fuyons!

44

»... Cette fois, je vais vraiment être en retard... Tant pis, je laisse la voiture là et j'aurai une amende. On verra bien... Ça, c'est idiot, quand même. C'est cher! Et le temps qu'on ne réponde pas, ça double et on a l'huissier à la porte. Ras-le-bol! J'enverrai mes pauvres enfants chez le ministre... Je prendrai la tête d'une manif des automobilistes brimés. Parce que, après tout, s'il n'y avait pas d'automobilistes, il n'y aurait pas d'usines de voitures et il y aurait encore plus de chômeurs, non?...

»... Allons, allons, ne perdons pas notre calme... Il vaut quand même mieux éviter cette contravention... Tant pis, j'expliquerai au docteur les raisons de mon retard. Celui-là, il n'a qu'à habiter ailleurs, après tout. Dans un quartier où l'on peut venir en voiture... Tiens, cela n'est pas la peine de m'énerver. Voilà une fausse porte cochère. Avec un idiot de scooter en travers. Mais si je poussais l'engin...

»... Dieu, que c'est lourd un 125 cm³ Peugeot! Et, bien entendu, pas un homme en vue pour me donner un petit coup de main. Ah! si, en voilà un... mais il tourne la tête en faisant semblant de ne pas me voir... Je dois vieillir... V'lan... Ce sale scooter m'est tombé sur les pieds. Cela ne fait pas du bien. Sans compter que maintenant que cet engin est par terre, impossible de le ramasser... Et si le propriétaire est un voyou, je risque de me faire boxer comme l'autre jour. Détalons... Quelle vie! non, mais quelle vie!... Du calme, ma fille!

»... J'ai maintenant trois quarts d'heure de retard... Tant pis! Un peu plus, un peu moins... Je dirai au docteur que je me suis trompée d'heure... Le tout est de ne pas perdre son sang-froid... Je vais essayer de me glisser là... J'ai à peine la place mais enfin, en poussant un peu cette 2 CV en arrière et cette 405 Peugeot en avant, j'y arriverai peut-être...

»... Qu'est-ce qui se passe?... Malheur! avec mon pare-chocs j'ai accroché le pare-chocs de la 2 CV derrière et je l'entraîne en avant avec moi... Quel bruit atroce... Tous les gens s'arrêtent dans la rue... Que faire? Décrocher les deux pare-chocs? C'est évident... Quel cauchemar!...

»... On se calme! Tous ces badauds autour de moi... Ben quoi, bonnes gens, vous n'avez jamais vu une femme en équilibre sur le pare-chocs d'une 2 CV?... Monsieur, s'il vous plaît, pourriez-vous m'aider?... Vous seriez si gentil... Vous tirez simplement vers le haut le pare-chocs de ma petite R5 pendant que je saute à pieds joints sur celui de la 2 CV... O.K.? Allons-y! Mieux que ça!... Les hommes n'ont plus de muscles à notre époque, c'est incroyable !... Allons bon ! voilà que ce monsieur a maintenant les mains toutes sales. Qu'est-ce qu'il faut que je fasse ? L'emmener chez le docteur se nettoyer ?... Merci, monsieur, vous êtes un ange... Si, si, vous êtes un ange... Pourvu qu'il ne veuille pas me faire la cour après cela... Je n'ai pas le temps, vraiment...

»... Maintenant, recommençons la manœuvre pour me ranger... Qu'est-ce qu'il dit, celui-là ? Braquer à droite ? Comment cela, à droite ? Et celui-là, pourquoi fait-il mine de tourner un volant à gauche ?... Parce que sa droite, c'est ma gauche ?... Braquer où maintenant ? Je n'y comprends plus rien... Bing !... C'est moi qui viens de heurter violemment la Peugeot devant... Ils rient tous ! On se calme ! On se calme !... Je sens que mes joues brûlent... Qu'est-ce qu'il dit, ce coursier sur sa grosse moto ?... : "Alors, Maman, on joue aux tamponneuses ?" Ta gueule, toi !...

»... Mon Dieu ! me voilà maintenant en travers de la rue... Je bloque toute la circulation... Ils s'énervent derrière... Ils klaxonnent... Et celui-là, qu'est-ce qu'il veut ?... "Madame, quelles sont vos intentions exactes ?" Il essaie d'être spirituel... Enfoiré mondain !...

»... Ça y est, je suis sur le trottoir... Braquer quoi?... Je ne comprends rien à tous ces gestes qu'ils me font... Voilà l'agent qui rapplique... Fuyons... Trop tard!... Au secours... Mais si, je braque, je braque, je braââââque...

»... Je n'ai plus qu'à me procurer un ticket de parking au distributeur. Bon. Le premier est en panne. Courons au second. Malheur, je n'ai pas assez de monnaie. Où en trouver? Au café du coin. À condition d'y boire un crème, me prévient le garçon. Il est brûlant (le crème, pas le garçon). Tant pis! Avalons et re-courons au distributeur. Combien je mets de pièces? Plein. Le docteur va sûrement me faire attendre des heures pour se venger de mon retard. J'appuie sur ce gros bouton, là... et aucun ticket de parking ne sort. Saloperie de machine!... Tiens, prends un bon coup de poing! Ah! voilà toutes mes pièces qui ressortent dans un gling-gling de ferraille. Recommençons la manœuvre... Encore les pièces qui ressortent! Je vais devenir folle! Un bon coup de pied, cette fois-ci. La machine couine. Et du coup ne me rend plus mes pièces. Me voilà sans ticket de parking et sans monnaie. Non! Je ne pousserai pas des bêlements de brebis à l'agonie, sinon je vais me retrouver à Sainte-Anne. Tant pis. J'abandonne. Saint Antoine, dix francs, si je n'ai pas de contravention. Tout ça, c'est la faute du gouvernement. Je voterai contre aux prochaines élections. Ah! Ah!... »

Le Docteur *(deux heures plus tard)* : – Chère madame, je vous trouve bien nerveuse. Votre tension est beaucoup trop élevée! Il vous faut absolument beaucoup de repos, pas de contrariétés, et le plus grand calme. J'insiste : le plus grand calme...

LES DEVOIRS DES ENFANTS

Le problème d'une mère de famille consiste à amener ses enfants à faire leurs devoirs et à apprendre leurs leçons entre le moment où ils rentrent de l'école et celui où leur feuilleton débute à la télévision. Parallèlement, les enfants s'efforcent : *a)* de paresser le plus longtemps possible en mâchonnant indéfiniment leur tartine au Nutella, l'œil dans le vague ; *b)* d'obtenir que leur marâtre fasse le travail à leur place.

Français

Les temps heureux où vous vous contentiez de dicter à vos petites têtes blondes des phrases telles que : « On éprouve du regret quand on n'a pas contenté ses parents », passent hélas ! très vite. Il vous faut affronter un jour ou l'autre la jungle des propositions conjonctives circonstancielles et les compléments de privation, de comparaison, de but, d'opposition, etc., etc. Vous n'y comprenez plus rien. Vous vous bornez à psalmodier quinze fois de suite en chœur avec votre fille des phrases telles que : « Le C.O.I. fait partie du groupe verbal et de la phrase nominale. Il ne peut être déplacé. » (Ah bon !)

Calcul

Vous avez dû réapprendre en cachette, dans la salle de bains, vos tables de multiplication. (Vous n'avez pas encore droit à la chère calculette.) Néanmoins, courageusement, vous avez essayé de faire illusion à vos enfants jusqu'au jour où vous vous êtes révélée incapable de calculer à une minute près (par excès) à quelle heure arrivait à Marseille un avion qui avait décollé d'Orly à midi vingt. Vous aviez jusque-là fait confiance aux horaires d'Air Inter. (Pendant que vous séchiez, la tête dans les mains et le crayon dans la bouche, votre fille Marguerite s'était enfermée au petit coin pour y lire tranquillement Oncle Picsou.) L'Homme a alors décidé de prendre la situation en main. Le premier soir, dans l'allégresse générale, il a correctement espacé les fils d'un séchoir à linge. Le second, n'ayant pu enfourner une récolte de betteraves dans un silo dont la section avait la forme d'un trapèze isocèle, il n'a pas dormi de la nuit. Vous avez conclu précipitamment un arrangement avec une autre mère : elle vous passe la solution des problèmes, vous lui faites ses versions d'anglais.

Récitation

Vous vous réveillez en sursaut la nuit en vous demandant avec angoisse la suite de : « On croit tout bas dans l'ombre ouïr souffler des lèvres... » ou de : « Alors la chouette hagarde chante dans la nuit, touhou, touhouit, touhou... »

Histoire

C'est la matière que vous préférez. (Vous êtes même au tableau d'honneur.) Elle vous permet de briller dans les dîners en parlant du règne d'Assurbanipal (668-626) ou du code de Hammourabi (organisation sociale des Chaldéens, comme chacun sait) à des parents qui en sont encore à 1515 (bataille de Marignan) et 800 (couronnement de Charlemagne).

Rédaction

La maîtresse n'aime pas votre style. La dernière fois même, alors que vous aviez parlé avec une rare poésie de l'automne, de la forêt couleur chaudron et des feuilles piquetées d'étoiles de rosée, elle a écrit en travers de votre texte : « Lourd... mal exprimé... apprenez à écrire en français... »

Anglais

Vous aviez l'habitude de vous adresser à l'Homme en cette langue lorsque vous vouliez éviter que les enfants comprennent. C'est évidemment la seule matière où ils déploient un zèle inattendu. Par contre, malgré vos efforts, vous n'arrivez pas à apprendre leur javanais.

Gymnastique

Vous aviez promis à Marguerite une soirée à l'Opéra, si elle vous rapportait une place de première. Vous aviez oublié de mentionner en quoi. C'est donc une championne des barres parallèles que vous emmenez voir, au Parc des Princes, les chers vieux Rolling Stones (*La Suite en blanc* n'ayant suscité aucun enthousiasme). Et vous n'avez même pas la consolation de penser que vous êtes pour quelque chose dans ce succès scolaire.

Sciences

Le dessin de sciences était votre triomphe. Jusqu'au jour où le professeur, soupçonneux devant un biceps-étiré-par-le-radius particulièrement réussi, dans les tons rose et gris, l'a fait refaire par Philippe en classe et, devant le résultat, a écrit : « Les parents sont priés de ne plus dessiner sur les cahiers de leurs enfants. »

Rapports avec le professeur

Contre toute justice, vous n'avez jamais réussi à être la chouchoute du professeur. C'est la mère de la petite Elvire qui a toutes les faveurs. Certaines de ses bonnes notes sont, à votre avis, carrément imméritées. Il y a des jours où vous êtes tellement dégoûtée de l'école que vous vous surprenez à chantonner : « Ah, vivent les vacances, les cahiers au feu et les professeurs au milieu ! »

Quand arrive Juin et le Grand Conseil des Profs pour décider si vous passez dans la classe supérieure, vous en êtes malade. Le verdict tombe. Vous passez. Mais avec avertissement et cours de vacances dans toutes les matières. Vous êtes vraiment *nulle*, grommellent les enfants. Quant à votre mari, il est carrément indigné !

« Quand j'étais petit, j'étais toujours premier », déclare-t-il à la cantonade. Cette remarque vous exaspère :
1) Parce que ce n'est pas vrai (vous avez demandé à sa mère).
2) Parce que lui, au bureau, il n'a pas encore réussi à être le grand patron, n'est-ce pas ! Alors ?

CINÉMA AUX CHAMPS-ÉLYSÉES

Ce soir, l'Homme a envie d'aller au cinéma. Vous pas. Vous rêvez de votre lit après avoir fait des rangements tout l'après-midi. À noter que les jours où vous, vous séchez du désir de voir un film, l'Homme est, lui, rétif comme un mulet. C'est la vie. Mais la route conjugale étant pavée de concessions (de votre part), pendant que votre mari feuillette le journal à la recherche d'un bon spectacle, vous décidez le branle-bas de combat.

Qui va garder les enfants ? Lorsqu'ils étaient bébés, vous les mettiez au lit de bonne heure sans (trop de) discussions et, les chaussures à la main, vous filiez en douce avec l'Homme par la porte de derrière. La concierge d'alors montait ensuite toutes les dix minutes jeter un coup d'œil. Mais la concierge vieillit dans une maison de retraite où l'ont fourrée ses fils, et les enfants ont grandi. Ils prétendent se garder tout seuls. Rien ne les enchante plus désormais que de vous encourager à partir en feignant le plus profond sommeil. À peine êtes-vous dans l'escalier qu'ils se relèvent pour regarder à la télé de terrifiants films d'horreur en mangeant les chips prévues pour le déjeuner du lendemain. Au moindre bruit d'ascenseur indiquant votre retour, ils se recouchent en vitesse et le tour est joué. Vous empoignez donc le téléphone à la recherche d'une âme charitable pour surveiller de près vos petits anges.

... Non, Rose, la femme de ménage, ne peut pas revenir garder vos enfants ce soir. Elle va assister à l'enregistrement d'une émission de Jacques Martin. Elle a même acheté une robe neuve.

... Non, votre mère ne peut pas venir garder vos enfants ce soir. Elle va à un cocktail. Et demain soir à une conférence sur le zen et après-demain soir à un dîner chez les Chose, etc.

... Non, votre belle-mère ne peut pas venir garder vos enfants ce soir. Elle va à un bridge. Avec votre tante Amélie. Inutile de lui téléphoner à celle-là aussi.

La triste vérité vous apparaît alors. Pas une grand-mère n'est libre ce soir. Vous envisagez successivement de confier vos enfants au commissaire de police, au curé de la paroisse et à l'Armée du Salut. (À noter que la baby-sitter allemande est repartie en larmes à Munich, le cœur brisé à son tour par un don Juan marocain. Elle vous a également coûté une fortune en coups de téléphone avec Marrakech. Vous avez alors décidé de faire une croix définitive sur les étudiantes étrangères amoureuses de l'Alliance Française.)

Les cousins d'Oran vous tirent d'affaire en promettant d'être là dans dix minutes.

Vous vous attaquez dès maintenant au problème numéro deux : le choix du film. En restant dans le quartier, vous pouvez opter entre :

1° « L'histoire d'une jeune fille qui devient lentement folle et finit par éprouver des sentiments troubles pour son frère. »

2° « Le drame d'une femme qui tente d'empoisonner son mari. »

3° « La tragédie d'une petite vendeuse qui se laisse aller à la prostitution. »

Mais aucun de ces sujets ne plaît à l'Homme. « On a assez d'embêtements dans la vie, déclare-t-il, sans, en plus, aller voir des choses pareilles. » Bon, eh bien, vous monterez une expédition jusqu'à un cinéma des Champs-Élysées. Vous réempoignez le téléphone pour demander les heures de séance. Et apprendre que les films sont commencés partout. Or, rien ne met plus l'Homme hors de lui que de voir la fin d'un film avant son début. La panique vous envahit. Il ne vous reste qu'une seule possibilité : « Le calvaire d'une jeune bourgeoise jusqu'alors paisible qui devient la proie d'un amour avilissant et finit par se droguer. » Vous n'êtes pas emballée. Mais il est trop tard pour mollir. Justement les cousins d'Oran arrivent. On s'embrasse. Ils vous annoncent qu'il pleut. Vous décidez de prendre la voiture.

Vous montez et redescendez trois fois l'avenue des Champs-Élysées sans trouver d'endroit pour garer la voiture. Le parking est complet.

L'Homme est au bord de la crise de nerfs. Vous l'abandonnez pour prendre place dans la longue file d'attente qui serpente devant le cinéma. Tiens, on dirait que le film a du succès! Bien sûr, vous essayez tout d'abord de découvrir quelqu'un de connaissance parmi les privilégiés qui se trouvent près de la caisse. Mais le truc est connu et vous sentez dans votre dos le regard soupçonneux des autres spectateurs. Avec tristesse, vous allez donc vous ranger sagement en bout de file. Sous la pluie. Votre seule consolation est de constater que d'autres malheureux s'agglutinent derrière vous. Une dame envoie son mari demander à un monsieur qui, bien à l'abri derrière les vitres du cinéma, surveille votre petit troupeau, si «tout le monde va rentrer». Le monsieur est dubitatif. Un vent d'inquiétude souffle dans la foule mais personne ne bouge. On s'est donné assez de mal pour être là, non?... On y reste...

- Enfin les spectateurs de la séance précédente sortent (la mine défaite), la file des nouveaux s'ébranle. Mais l'Homme ne vous a toujours pas rejointe. Vous vous trouvez devant un affreux dilemme : ou ne pas l'attendre et voir le film sans lui. Ou l'attendre et ne pas voir le film du tout. Ah, le voilà qui arrive, essoufflé! Il n'a trouvé de parking pour la voiture qu'à la Concorde. Le générique est commencé lorsque vous pénétrez dans la salle. Et il ne reste plus que des places au premier rang. Vous avez la tête renversée en arrière, les yeux exorbités et le cou de travers. Mais cela n'a aucune importance. Parce qu'en fait vous regardez surtout derrière vous. Guettant le moment où les spectateurs des rangs suivants libéreront leurs places. Ça y est : vous entendez des claquements de fauteuils et les cris révélateurs de pieds écrasés. L'Homme et vous, vous bondissez comme des ressorts. Tous les spectateurs du premier rang aussi. Mais, Dieu merci, vous êtes plus rapides et arrivez les premiers, piétinant farouchement sur votre passage hommes, femmes et vieillards. Après cela, vous avez du mal à retrouver le fil de l'intrigue. Heureusement que vous en aviez lu le résumé dans le journal. Mais votre mari qui n'avait pas pris cette sage précaution est perdu. Il chuchote : « Tu y comprends quelque chose, toi ? » Vous avez à peine ouvert la bouche pour lui répondre que les voisins se mettent à crier : « Chut... »

Un peu de calme. Vous vous détendez. Au moment où vous vous demandez pourquoi diable vous n'avez jamais eu l'idée de passer votre aspirateur toute nue, harnachée de cuir (est-ce que ces trucs-là se trouvent aux Galeries Farfouillette ?) l'Homme déclare : « Ce film est complètement con, sortons... » Vous vous y refusez avec indignation. D'abord, vous voulez voir la fin. Et puis, après vous être donné tant de mal (et avoir payé vos places si cher), vous tenez à rester jusqu'au bout.

La séance semble s'achever. Vous pincez l'Homme qui s'est endormi : il se lève d'un air hagard et fonce vers la sortie. Vous vous apprêtez à le suivre lorsque vous vous apercevez que votre écharpe est tombée à terre. Accroupie dans le noir, vous farfouillez sous votre fauteuil et vous y découvrez une véritable mine de bâtonnets d'esquimaux. Votre écharpe y est aussi, dans un lac de glace fondue. Merci saint Antoine (dix francs). Vous marchez à reculons dans l'allée centrale pour ne pas rater le baiser final, s'il y en a un, bien que cette charmante coutume ait tendance à tomber en désuétude. En effet, le dernier plan montre la jeune fille mourant d'une overdose dans des W.C. sales. Effondrée, vous sortez. Il pleut toujours. Vous partez à pied en direction de la Concorde, pour rechercher votre voiture.

À votre retour, les cousins d'Oran vous accueillent avec un bon sourire : « Alors, demandent-ils, vous vous êtes bien amusés ? » Votre moue les consterne. « Quel dommage, s'exclament-ils, pour une fois, il y avait une émission formidable à la télévision ! »

L'INSOMNIE

Cette nuit, vous n'arrivez pas à trouver le sommeil. L'Homme, lui, ronfle. Vous avez d'abord écouté avec attendrissement son petit bourdonnement. Il commence maintenant à vous agacer. Vous vous retournez dans le lit comme une carpe.

L'Homme *(voix pâteuse mais irritée)*. – Bouge pas comme ça...

Vous allumez et vous saisissez un roman policier.

L'Homme *(toujours de dessous l'oreiller)*. – ... 'que tu fais ?

Vous *(plaintive)*. – Je ne peux pas dormir. Je vais lire un peu. Dors...

Vous attrapez la lampe que vous posez par terre, avec un journal par-dessus, pour éviter que la lumière ne gêne votre dormeur.

L'Homme. – Éteins cette sacrée lumière... Et compte des moutons...

Vous éteignez docilement. D'autant plus que le journal commençait à roussir. Un mouton, deux moutons... cinquante moutons... Ah ! et puis la barbe avec tous ces moutons. Vous ferez des côtelettes d'agneau demain pour le déjeuner. Mais pour le dîner ? Les idées tournoient à une vitesse atomique dans votre tête. Vous notez mentalement de passer chez le plombier, de commander du vin, de rappeler à l'Homme qu'il n'a pas encore payé le loyer. Ni le percepteur. C'est le genre de choses qu'il oublie complètement. Si vous n'étiez pas là pour lui servir de mémento-bloc, l'Homme succomberait sous les amendes, les procès, les saisies ! Un ange gardien, voilà ce que vous êtes... Et, pendant que son ange gardien se débat avec tous ces problèmes, que fait l'Homme ? Il dort paisiblement. Vous luttez avec une héroïque abnégation contre la tentation de réveiller ce misérable en lui flanquant un coup de pied dans le mollet. (Prétendre ensuite que c'est par inadvertance.)

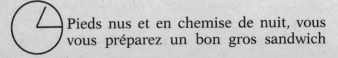 Décidément impossible de vous souvenir si l'anniversaire de votre père tombe bien la semaine prochaine. Vous cherchez à qui téléphoner. La crainte d'être incomprise à cette heure-ci vous retient. Vous décrétez alors que manger un petit quelque chose vous ferait du bien. Vous vous glissez à tâtons hors de la chambre, direction le réfrigérateur.

Pieds nus et en chemise de nuit, vous vous préparez un bon gros sandwich rosbif-beurre. Oui, vous grossirez, tant pis ! Le pot de moutarde tombe et se casse. Zut ! Vous écoutez, haletante, si le fracas de la catastrophe a réveillé votre petite famille. Allons donc, ils ronflent tous tranquillement, indifférents à votre insomnie, alors que quelques petits mots de sympathie vous iraient droit au cœur. Vous vous sentez complètement abandonnée, vous et votre sandwich. Vous nettoyez la moutarde par terre dans toute la cuisine.

L'Homme a naturellement profité de votre petite virée pour s'étaler dans le lit, les bras en croix. Vous le repoussez des deux mains et vous vous glissez à nouveau sous les draps.

... 24 moutons, 25 moutons... Mon Dieu, vous avez complètement oublié de prévenir le dentiste que votre fille Marguerite avait sauté à la corde sur son appareil et de passer voir le professeur de votre fils Philippe qui a déjà récolté son premier avertissement. Vous vous demandez brusquement si les enfants des Autres sont aussi difficiles à élever...

Vous êtes si énervée que vous avez envie de hurler. *Jamais* vous n'arriverez à dormir. Du reste, même si vous sombriez sur-le-champ comme une masse, vous n'auriez plus désormais votre compte de sommeil. Demain, votre visage accusera des rides supplémentaires et cent ans d'âge, c'est sûr. Et si vous preniez un somnifère, vous auriez en plus l'impression de baigner dans la colle toute la journée. Les yogis assurent qu'il faut se décontracter... Se décontracter?... On voit bien que les yogis n'ont pas des fins de mois difficiles et des enfants avec les dents de travers. Sans compter un propriétaire et le percepteur... Jamais vous n'allez pouvoir acheter ce petit tailleur à mini-jupe plissée dont vous avez tellement envie. Pourtant c'est le devoir d'une bonne épouse d'être élégante. Sinon son mari risque de s'intéresser à d'autres femmes...

En y réfléchissant de plus près, vous vous demandez brusquement si l'Homme n'avait pas l'air bizarre ce matin lorsqu'il vous a annoncé qu'il partait jeudi pour un voyage d'affaires en Allemagne.

Et s'il n'allait pas en Allemagne mais dans le Midi avec sa secrétaire?

Il vous apparaît de façon aveuglante que l'Homme a de drôles de manières en ce moment. La semaine dernière, il a téléphoné deux fois que son patron le retenait pour dîner...

Et sa secrétaire, celle qui essaie de singer cette pauvre Marilyn, elle avait une mine ironique cet après-midi lorsque vous êtes passée au bureau. Ironique, parfaitement! Ah, quelle ignominie si jamais l'Homme... Comment savoir?... Comment mettre fin à cette atroce angoisse?...

Votre nuit est fichue... Votre vie est fichue... Vous donneriez les tours de Notre-Dame pour oublier, oublier, oublier. Tant pis, vous allez prendre un somnifère...

Devant vos yeux clos se déroule votre avenir solitaire. Sans l'Homme (parti avec sa secrétaire)... Vos pauvres petits... Marguerite et ses dents de travers... Philippe ratant Polytechnique...

Les larmes coulent sur vos joues. Demain, vous aurez non seulement des rides mais des sacs sous les yeux. Tout cela est trop affreux! *(Vous éclatez en sanglots.)*

L'Homme *(s'éveillant en sursaut –* Ah, enfin!*).* «Hein? Quoi? Tu es malade?»

Malgré les hoquets qui vous secouent, vous racontez votre vie brisée. L'Homme est furieux. Il vous traite même de vieille idiote. Curieusement, vous êtes si contente que vous vous blottissez contre lui. Sauvée *(le somnifère commence à agir)...* Vous avez le plus beau mari du monde. Cette secrétaire est une brave petite... Marguerite aura des dents ravissantes... Philippe sera premier ministre... Le percepteur va vous offrir le petit tailleur à mini-jupe plissée de vos rêves...

Vous coulez délicieusement dans le sommeil.

Alors l'Homme soupire profondément, se tourne sur le côté droit et se met à compter des moutons, des percepteurs, des propriétaires, des dentistes, des patrons, etc.

LE SAMEDI ET LE DIMANCHE

UN SAMEDI DANS LES GRANDS MAGASINS

Samedi 14 h 30

Avec précaution, vous annoncez à l'Homme qu'il faut que vous achetiez une bibliothèque, une valise, des pyjamas, un baromètre pour le balcon, une lampe pour le salon, etc.

Lui *(derrière son journal)*. – Honnnnnn...

Vous *(tendre)*. – Tu sais bien que j'ai horreur de choisir quelque chose sans avoir ton avis.

Lui. – Honnnnnn...

Vous. – Merci, mon chéri, comme tu es gentil... Je suis prête dans cinq minutes.

Pour une fois, c'est vrai. Par contre Lui traîne. Vous comblez l'attente en complétant la liste des courses in-dis-pen-sa-bles. Par exemple, des chemises pour l'Homme.

Il semble que, mystérieusement, les Parisiens aient tous besoin aujourd'hui de bibliothèques, de pyjamas, de valises, de baromètres, de lampes, de chemises, etc. Dans la zone des grands magasins, c'est un grouillement fantastique d'autos (pourquoi diable les Autres ne laissent-ils pas leur voiture au garage, hein?). Vous réussissez à chiper une place pour la vôtre à une BX où une mère de famille entourée d'enfants vous montre le poing. Elle n'a qu'à aller au parking (complet).

Au moment où vous allez entrer dans les Galeries Farfouillette, un flot d'êtres humains en jaillit. Et vous repousse inlassablement, comme une balle de ping-pong sur un jet d'eau de foire. Heureusement, une autre mère de famille précédée d'un commando d'adolescents fait une trouée dans la foule sortante. Vous vous engouffrez derrière elle suivie d'une horde montante.

À peine à l'intérieur, vous vous précipitez sur une vendeuse pour lui demander votre chemin. Elle ne vous répond pas. Elle vend des produits de beauté à l'odeur douceâtre avec acharnement. Vous interpellez alors avec agitation un monsieur. «Mais je ne suis pas un inspecteur», s'exclame-t-il aigrement. L'Homme vous suit fidèlement, les épaules résignées. Il n'a toujours pas ouvert la bouche.

Rayon boucles d'oreilles

Au passage, vous décidez de profiter de la présence de votre mari pour vous offrir des boucles d'oreilles. Foule monstre devant les glaces. Vous tentez d'insinuer votre propre tête parmi les autres. Rien à faire : vous n'apparaissez pas dans le miroir. Vous vous postez alors à côté de la glace et vous tendez le cou comme une autruche jusqu'à ce que votre joue repousse inexorablement les joues voisines. Malgré les crampes, vous essayez à toute vitesse dix-neuf paires. «Qu'est-ce que tu en penses?» demandez-vous à l'Homme, en battant des cils et en faisant une moue à la Béatrice Dalle (ce qui met en valeur, à votre avis, le côté voluptueux de votre nature profonde). Mais l'Homme n'en a cure. «J'aimais mieux les autres», murmure-t-il vaguement. Quelles autres? Il ne sait plus. Vous abandonnez.

Pour atteindre l'escalier roulant, c'est la mêlée. Vous poussez. On vous pince. Pan, un coup de sac dans les jarrets. Attends un peu, toi, v'lan! une ruade en arrière. Brute. Bon, voilà que le couple qui cheminait devant vous, avec une lenteur désespérante, s'arrête brutalement. Vous butez dedans. Vous ne pouvez pas faire attention, non? Allons bon, l'Homme a disparu! Chériiiii, où es-tu? Ah, cela doit être son bras qui s'agite là-bas. Chériiii, ne me quitte pas, je t'en prie, sinon, on ne se retrouvera jamais. Attention, la mer humaine vous soulève et vous *surfez* trois mètres, portée par un raz de marée. Vous voilà en haut de l'escalier roulant avant que votre mari n'ait réussi à prendre pied sur la première marche. Quand il arrive à votre hauteur, sa veste est ouverte, ses lacets défaits et sa cravate a disparu.

Rayon pour hommes

Il faut prendre un numéro pour avoir le droit d'attendre un vendeur. On reviendra plus tard, dit l'Homme. Traduction : Jamais.

Rayon des baromètres

Une main s'empare de celui que vous aviez choisi une seconde avant que vous ayez pu l'attraper. Vous en saisissez un autre. Où est la vendeuse ? À l'autre bout du comptoir. Vous en faites le tour à toute allure. Elle aussi. Dans l'autre sens. Vous glapissez, furieusement : « Ma-de-moi-selle ! » Trois dames vous imitent immédiatement, comme des coyottes : « Ma-de-moi-selle ! » Vous hurlez plus fort qu'elles : « Cela fait une demi-heure que je suis là... » Pendant tout ce temps, l'Homme se tient prudemment à l'écart, agrippé à un pilier.

Rayon lampadaires

Vous hésitez entre trente-sept modèles. Le problème est de stationner sur place et d'empêcher le magma humain de vous emporter des lampes du sixième étage aux casseroles du soussol. « Celui-là n'a pas l'air mal », criez-vous à l'Homme par-dessus une cellule familiale de neuf membres agglomérés devant une télévision. «Tout ce que tu choisiras sera bien », mugit-il sombrement, en réponse. Vous savez bien, hélas, que cela n'est pas vrai... Pendant que vous discutez hâtivement avec une vendeuse que vous avez réussi à piéger, quinze personnes viennent lui demander leur chemin. À votre indignation, elle leur répond, à elles. Maintenant l'Homme traîne les pieds au point que vous regrettez les enfants. Il ne se réveille que pour acheter une quantité incroyable de fils électriques, de prises, d'interrupteurs. Vous jugez plus diplomate de ne pas lui rappeler qu'il y en a une caisse pleine dans la cave. Quand il a fini, il gémit : «On rentre?» Vous : «Tu es fou... Nous n'avons pas encore fait la moitié de nos courses. » Il ne proteste pas. Mais désormais, vous traînez derrière vous un boulet, un martyr, un gréviste des achats, la statue du Commandeur. Un Commandeur qui porterait un abat-jour à bout de bras. Il fend la foule comme un bulldozer la jungle amazonienne. Vous entendez des remarques indignées sur son passage. Vous n'osez plus le regarder. Vous vous affolez. Vous avez le manteau ouvert et la mèche sur l'œil. Vous prenez le parti de rentrer.

Calamité : vous retrouvez la voiture avec une contravention. Vous avez dépassé votre temps de stationnement de trois minutes. (Vous êtes contre la torture sauf celle des contractuelles.) L'Homme éclate : «*Jamais* plus je ne mettrai les pieds dans un grand magasin», annonce-t-il. Vous approuvez.

À condition que la prochaine fois que vous achèterez seule une bibliothèque (une valise, un baromètre, une lampe, etc.), il ne s'exclame pas, devant les enfants en particulier : « D'où sort cette saloperie ? » Il le jure.

Il ne tiendra pas parole.

LE PIQUE-NIQUE DU DIMANCHE

Le premier soleil de printemps fait germer dans le cœur des Parisiens des envies folles d'herbe verte, de marguerites, de ciel bleu. Aussi, lorsque vos amis Leconte vous proposent d'aller pique-niquer à la campagne dimanche prochain, vous acceptez avec exaltation.

On partira à l'aube pour éviter la cohue.

Dimanche. Le matin

Les enfants tambourinent à votre porte en criant : « Pique-nique-pique-nique ». Vous auriez bien dormi une heure de plus.

Tout est paré pour le démarrage. Chez vous. Mais pas chez les Leconte. Vous sentez au ton de leur voix au téléphone que vous les réveillez. Vous ne faites aucune remarque pour ne pas détériorer une amitié vieille de quinze ans.

Les Leconte rappellent : ça y est, ils sont prêts à s'ébranler. Vous prenez la tête de vos propres troupes. Vous voilà devant la porte de votre immeuble avec les pyramides de paniers à provisions, l'Homme qui grogne que s'il-avait-su-que-l'on-parte-si-tard-il-aurait-fait-la-grasse-matinée et les enfants qui pleurnichent (vous avez refusé d'emporter les canots pneumatiques gonflables).

La voiture des Leconte tourne enfin au coin de la rue. Une Espace. Heureusement. Ils sont neuf, y compris les grands-parents. Il faut partir à deux voitures. On déplie la carte des environs de Paris. À cet instant, votre mari dit : « Je connais un petit coin très sympathique. Qu'on me suive ! » Les enfants protestent qu'ils veulent être ensemble. On procède à une redistribution des places. Le convoi s'ébranle.

Coups de klaxon répétés des Leconte. Qu'est-ce qui se passe ? Quelqu'un de malade ? Non. Ils doivent repasser chez eux prendre la bouteille de vinaigrette qu'ils ont oubliée.

Porte d'Orléans. On s'emboîte dans une file de 20 000 voitures. Or, l'Homme ne supporte positivement pas d'être dans une file de voitures. Il est allergique aux autres automobilistes. Il tourne dans une rue transversale. Les Leconte suivent sagement. On roule au hasard. Finalement, on retrouve la file deux kilomètres plus loin et 500 voitures en retard.

Votre petit cortège quitte la route nationale. Suivi d'un long troupeau de conducteurs qui comptent visiblement piqueniquer avec vous. On s'en débarrasse en roulant en pleins champs, ce qui couvre tout le monde de poussière. Votre mari avoue qu'il ne se rappelle plus où se trouve cet endroit tellement sympathique auquel il a fait allusion. Il n'y est pas revenu depuis qu'il est marié – avec vous. (Vous ne saurez jamais avec qui il s'est roulé dans l'herbe de cette région privilégiée.) À l'horizon, barbelés (propriétés privées), routes, terre. Dès qu'apparaît un mètre carré d'herbe, il y a des pique-niqueurs dessus.

Les enfants commencent à geindre : ils ont faim.

Les Leconte klaxonnent et agitent bras et jambes par les portières. Ils ont aperçu l'endroit rêvé : un immense arbre sur un petit monticule entre deux routes. On déballe. Il fait une chaleur étouffante. On installe les grands-parents sur la banquette de l'Espace.

Gai, gai, pique-niquons. La mayonnaise a tourné. Les tomates giclent. La bouteille de vinaigrette s'est débouchée : il y en a partout. Les enfants veulent tous du pâté mais pas de salade de pommes de terre. C'est là que le drame éclate : vous avez oublié le pain. Dans une volonté collective de bonne humeur, on décide que l'on mangera les sardines avec le pain des sandwiches au jambon. Lorsque vous proposez du coca, personne n'en veut. Dix minutes plus tard, il n'est plus frais et tout le monde s'en plaint. Le petit paquet de sel que vous aviez fourré dans votre poche au moment de partir a crevé. Vous tartinez à toute vitesse en essayant d'empêcher votre fille de jeter ses feuilles d'artichaut en l'air. Après les œufs durs, la thermos d'eau fraîche de secours est liquidée en un clin d'œil. Chœur des enfants : « J'ai soif ! » Une guêpe bourdonne. Les petits piaillent et s'agitent, jusqu'à ce qu'elle pique l'un d'eux.

Quelqu'un renverse sournoisement du vin rouge sur la banquette de l'Espace.

La petite classe commence à se bombarder à coups de noyaux d'abricots et de peaux de pêches. Le plus jeune réclame un petit coin discret. Vous l'emmenez derrière une haie où vous découvrez un groupe ennemi d'autres pique-niqueurs.

Vous ramassez les restes. En calculant *in petto* qu'avec le prix de tout ça vous auriez pu offrir un banquet dans la meilleure auberge de Barbizon ou de Bougival. Toutes les mains sont grasses. Vous creusez le sol dans l'espoir de faire jaillir une source et d'enterrer vos boîtes de conserve. Vous ne trouvez que des débris de pique-nique. Enfouis en couches successives comme les villes mortes de Mésopotamie.

« Il est temps de partir si nous voulons éviter la cohue », déclarent les Leconte. Du reste, les fourmis arrivent. Alors qu'il n'y a pas un seul pommier en vue, les enfants se sont gavés de pommes vertes et véreuses. On cueille rapidement quelques marguerites.

Retour vers Paris. Roue dans roue avec les 20 000 autres voitures qui rentrent, elles aussi, avec leurs débris de pique-nique. Les enfants, épuisés, s'arrêtent de chanter l'un après l'autre. Vous perdez les Leconte de vue. Vous ne les reverrez jamais.

Arrivée à la maison. Les fleurs sont fanées. Vous les mettez quand même dans la baignoire. Votre fille a perdu son chandail. Les pommes vertes et véreuses font de l'effet à votre fils. L'Homme se jette sur le lit avec ses souliers. Il prétend qu'il n'aura jamais la force de se relever.

Le lendemain

Vous flanquez à la poubelle quatre kilos de salade de pommes de terre engluée de poussière. Vous notez d'acheter un sweat-shirt neuf pour Marguerite. Le vieux a été enterré avec les restes du pique-nique. Vous nettoyez les jupes et les jeans tachés de jus de tomate, de sardine, de pêche. « Quand on est fauchés comme vous l'êtes, dit Rose sévèrement, on ne gaspille pas de la nourriture et on fait attention aux vêtements de ses enfants. »

Elle a raison. Vous jurez d'aller, la prochaine

fois, déjeuner dans une petite auberge de campagne.

Avec la cohue des 20 000 autres pique-niqueurs qui auront fait le même raisonnement que vous.

LA LETTRE DU PATRON

Au moment où, profitant de ce samedi ensoleillé, vous alliez partir, en short, faire du bateau sur le lac du bois de Boulogne, le téléphone sonne. La barbe! quel est le raseur qui... C'est le patron de votre mari qui appelle de New York. Il a absolument besoin, pour lundi matin, de documents qui se trouvent dans son bureau. Les contrats authentiques : pas question de faxer. L'Homme sait se montrer à la hauteur de la situation : «Je m'en occupe», dit-il avec importance.

La concierge qui détient les clés des locaux de la société n'est pas là. Par contre, à travers la porte vitrée de sa loge, vous les apercevez suspendues innocemment à un clou. Affreux supplice de Tantale. Au moment où votre mari s'apprête à réquisitionner un clochard cambrioleur, qu'il prétend connaître sous un pont, des voisins vous signalent que la concierge est à un baptême, quelques rues plus loin.

Vous vous retrouvez (en short) en train de manger des dragées et de boire du mousseux chez des gens inconnus. La concierge finit par accepter de se laisser kidnapper entre deux toasts.

Enfin, vous pénétrez dans le bureau du patron. Pendant que l'Homme récupère les documents, vous vous asseyez dans le fauteuil directorial et vous augmentez le personnel de 50 %. (Cette mesure ne sera malheureusement pas suivie d'effet.) Il apparaît que les contrats ne peuvent pas être pliés et ne rentrent dans aucune enveloppe visible. Par contre, vous trouvez dans les tiroirs des secrétaires : des lettres d'amour, un séchoir à cheveux, du vernis à ongles et sept romans policiers.

Première papeterie. Pas de grande enveloppe.

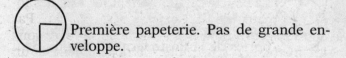

Deuxième papeterie. Pas de grande enveloppe. Vous suggérez à votre mari de monter immédiatement une usine pour fabriquer des enveloppes au format voulu.

Troisième papeterie. Une petite vieille pense qu'au dernier rayon, sous le stock des invendus de J.-P. Sartre, se trouve l'enveloppe qu'il vous faut. Malheureusement, elle est trop âgée pour grimper sur l'échelle. Qu'à cela ne tienne. Vous en gravissez les échelons avec impétuosité. Entre dans la boutique un charmant jeune homme qui, à la vue de votre petit short, émet quelques commentaires flatteurs. Votre mari n'apprécie pas. Dieu merci, un bruit affreux détourne l'attention. Ce sont les invendus de J.-P. Sartre qui dégringolent. La petite vieille se met à croasser. Le charmant jeune homme se sauve. Vous êtes couverte de poussière. Votre mari a une bosse. Mais cela n'est rien car, victoire, les documents rentrent dans l'enveloppe, après quelques petits travaux de rognure.

Vous avez oublié que, le samedi, les portes de la Poste ferment à midi. Sauf peut-être celles du Louvre, suggère un passant ému par votre détresse.

En effet, la poste centrale du Louvre est ouverte jour et nuit. Sauf le guichet du

Chronopost. Pourquoi? Pour vous embêter, tiens! L'Homme parle de se faire hara-kiri. Passe un postier, qui relève le courrier. Vous vous jetez sur lui. Une lettre Par Avion-Express-Urgent-Important-Ne-pas-plier, mise dans cette boîte bleue, là, devant vous, peut-elle quand même arriver à New York lundi en l'absence du service Chronopost? Le postier lève les bras en signe de triste ignorance. « Ça... » fait-il, d'une voix qui vous laisse peu d'espoir. Vous avez un haut-le-corps devant le guichet ouvert où serpente une longue file d'attente qu'une demoiselle de la Poste considère sans entrain. La nuit va être longue.

Vous allez demander une consultation au tabac d'en face. Votre cas finit par intéresser prodigieusement la caissière, le patron, le garçon et les consommateurs.

Tandis que la caissière se plonge dans l'étude diabolique des tarifs postaux, votre lettre circule de main en main : il s'agit d'évaluer son poids.

Un gros monsieur le fixe à 75 grammes, tandis qu'un petit étudiant jure qu'il dépasse 200 grammes. Vous offrez une tournée générale en signe de remerciement et vous partez à la recherche d'une balance de précision.

Le droguiste n'a pas de balance de précision. Vous l'apprenez après avoir dé-

pensé (pour vous concilier ses bonnes grâces)
une fortune en lessive, clous et cirage.

Le pharmacien vous annonce que votre
lettre pèse 150 grammes. Pour le remercier, vous lui achetez du dentifrice, de l'aspi-
rine, de l'alcool à 90°, etc.

Vous revenez au café pour acheter,
cette fois, les timbres. Vous êtes ac-
cueillis à bras ouverts. La caissière ressort ses
tarifs postaux et dicte le problème aux clients.
« Étant donné une lettre qui pèse 175 grammes
et des tarifs postaux qui suivent la progression
géométrique suivante : 24,80 F pour 20 grammes, 27,40 F pour 30 grammes, 27,70 pour
40 grammes, etc., combien de timbres de 1, de 2,
de 2,30 F, etc., faut-il mettre dessus pour qu'elle
arrive à New York le lundi suivant ? » Personne
ne trouve le résultat. Vous décidez d'additionner
toutes les sommes trouvées, de diviser le pro-
duit par le nombre de clients, et d'ajouter l'âge
du patron. Naturellement, vous offrez une autre
tournée. C'est alors que dans l'allégresse générale surgit votre premier postier assoiffé. Il vous
conseille, dans l'oreille, de confier votre précieux document à une hôtesse de l'air à Roissy.
Mais bien sûr ! Vous repartez en trombe à
Roissy.

Trouver une hôtesse de l'air d'Air France prête à se charger d'une grosse enveloppe pour New York relève de la chasse au Yéti. Elles refusent toutes sous le prétexte idiot que cela leur est défendu. Votre grosse enveloppe peut contenir de la drogue ou une bombe miniature. Vous avez beau leur jurer que vous n'êtes pas une terroriste d'Abou Nidal mais une brave mère de famille française et l'Homme un pauvre cadre supérieur tyrannisé par son patron, rien n'y fait. Dans un éclair de folie, vous vous demandez si vous n'allez pas être obligée de prendre vous-même et en short l'avion de New York. Un steward finit par s'intéresser à votre cas après que vous avez eu l'astuce de l'interpeller en anglais. Ouf !

Il y avait un clou sur l'autoroute. Il est pour vous. L'Homme change la roue en pestant comme un diable. Vous attrapez un rhume avec votre petit short ridicule.

Enfin, vous rentrez chez vous. Vous n'en pouvez plus. Le téléphone sonne. New York. « Allô, fait la voix anxieuse du patron, je reprends le Concorde demain. J'espère que vous n'avez pas envoyé les documents ! »

LE WEEK-END CHEZ LES AMIS

Des amis vous ont invités, l'Homme et vous, à venir avec eux « prendre un bol d'air » pendant deux jours dans leur petite maison aux environs de Paris. Enchantés, vous confiez vos enfants à une belle-sœur (à charge de revanche) et vous vous préparez à passer un week-end reposant et champêtre.

Le samedi matin : arrivée

La maison est adorable : on dirait une cabane de conte de fées. Malheureusement, à peine le portail ouvert, la vérité cruelle se fait jour. La gardienne qui devait tout préparer pour votre arrivée n'est pas là. Elle s'est enfuie avec le beau-frère de l'épicier. C'est un vrai spectacle de désolation. Les meubles sont recouverts de housses et entassés dans les coins. L'hiver a été tellement humide que des champignons ont poussé sur les portes et que des auréoles apparaissent aux plafonds. Le plâtrier est bien venu essayer de réparer les dégâts mais il a collé du plâtre exclusivement sur les boutons de porte et dans l'évier qui est bouché. Quant aux provisions, elles ont dû s'enfuir avec la gardienne et le beau-frère de l'épicier : il ne reste plus trace d'une boîte de conserve.

Pour vous remettre, vous décidez d'aller déjeuner au bon restaurant des environs. Bien sûr, la politesse veut que ce soit votre mari qui paie l'addition. Le montant vous aurait permis de passer un week-end sur la Côte d'Azur. Qu'importe, un bol d'air vaut tous les sacrifices.

Le samedi après-midi : nettoyage

Vous ne vous étiez jamais doutée qu'une si petite cabane aux environs de Paris pouvait donner un tel travail. Époussetage, lessivage, récurage. Vous n'osez imaginer la tête de votre femme de ménage si elle vous voyait trimer de cette façon alors qu'à la maison vous ne lavez jamais une poêle. Votre seule consolation est de constater que l'Homme est dans le même cas : il transporte du bois, allume des chaudières et déplace des commodes, toutes tâches qu'il se refuse farouchement à exécuter chez vous. Circonstance aggravante : un ouvrier est venu vitrifier les parquets justement la veille au soir et vos pieds collent au plancher.

Au moment de prendre un thé réconfortant, drame : la bouteille de gaz butane est vide. Les deux hommes partent sur-le-champ en acheter une autre. Ils en profiteront pour ne rentrer qu'à l'heure du dîner. Pendant ce temps-là, vous aidez la maîtresse de maison à faire les lits et à chasser la fumée que répand généreusement la cheminée. Vous avez tout d'une sorcière s'agitant autour de ses chaudrons. Vous n'avez pas encore mis le nez dehors.

La nuit de samedi à dimanche : insomnie

La chambre d'ami est aménagée dans un ravis-sant vieux grenier à poutres. (Vous soupçonnez ces poutres de n'être pas d'époque mais vous ne le dites pas.) Au-dessus d'un petit œil-de-bœuf, se tient une araignée. Or, l'araignée est la seule bête au monde dont vous ne supportez pas la vue. Vous émettez un miaulement strident. Vos hôtes s'élancent dans l'escalier. Au nom du ciel ! Que se passe-t-il ?

L'Homme les rassure. Ce n'est qu'une charmante petite araignée de campagne. Mais lorsqu'ils sont redescendus, vous tirez le lit au milieu de la pièce pour éviter que cette répugnante bestiole ne tombe sur vous au milieu de la nuit. Ou sinon elle, l'une de ses sœurs. Blottis sous les couvertures, au centre d'un grenier immense, vous vous sentez, l'Homme et vous, comme deux naufragés sur une mer hostile.

Alors que vous comptiez bénéficier d'un sommeil campagnard et réparateur (dans le cadre de l'opération bol d'air), voilà que l'insomnie vous ronge. Les heures passent. Les oreillers qui ne sont plus soutenus par le mur tombent par terre. Le matelas vous semble plein de bosses étranges. Vous entendez vos hôtes se disputer. Ils se rejettent mutuellement la responsabilité de la fuite de la gardienne avec le beau-frère de l'épicier.

Minuit est l'heure où vous partez à la recherche du petit coin. Vous tâtonnez dans les couloirs et dans le noir. Bon sang, où peut se trouver cette sale minuterie ? Les marches de l'escalier grincent effroyablement sous vos pas hésitants. Vous ouvrez une quantité invraisemblable de placards à bottes. Vous vous demandez avec angoisse si vous n'allez pas être contrainte d'aller dehors. En sautant par la fenêtre parce que vos hôtes peu confiants (?) ont verrouillé la porte et retiré la clé. Peut-être craignent-ils de vous voir vous enfuir avec la vaisselle ?

Quand vous remontez au grenier, toujours dans le noir, vous vous heurtez à l'Homme qui partait à son tour, à tâtons, à votre recherche. Il a la présence d'esprit de vous appliquer sa main devant la bouche avant que vous ne poussiez une clameur à réveiller les morts du cimetière qui longe le jardin.

Bientôt, les coqs se mettent à chanter. Vous êtes effarée de constater à quel point les coqs des environs de Paris sont fantaisistes et chantent n'importe quand. Leurs cocoricos ont cependant un son plus réconfortant que le hululement sinistre et irrégulier d'une chouette qui doit nicher dans le cimetière (à moins qu'il ne s'agisse des plaintes d'un fantôme).

Les draps sont humides et vous n'arrivez pas à vous réchauffer. L'Homme grogne peu gracieusement quand vous posez vos pieds glacés sur son ventre.

Le dimanche matin : jardinage

Dès votre réveil et malgré les courbatures dues à votre nuit blanche, vous vous précipitez pour vous livrer aux joies du jardinage. Vous vous arrêtez lorsque vos amis vous font comprendre qu'au lieu d'arracher les mauvaises herbes, vous dépiquez les jeunes pieds de bégonias qu'ils ont achetés très cher chez Vilmorin. Ne revient pas à la terre qui veut. Vous commenciez du reste à avoir un sérieux tour de reins et la cuisinière vous réclame.

Pendant que vous écossez les petits pois du déjeuner (qui resteront durs comme des billes alors qu'ils sont si bons en boîte), les hommes montent un « barbecue » dans le fond du jardin. Ce « barbecue » est un appareil composé de tiges de métal qui refusent obstinément de s'aménager entre elles. Après avoir pris les formes les plus inattendues, depuis celle de la tour Eiffel jusqu'à celle du pont de la rivière Kwaï, le « barbecue » finit par s'effondrer sur le gazon. On décide alors de retourner déjeuner sagement dans la cuisine (la salle à manger étant occupée par les meubles encore non répartis dans les pièces).

Le dimanche après-midi : promenade

Le maître de maison propose d'aller faire un petit tour en forêt. Vous n'avez qu'un seul désir : rester avachie dans votre fauteuil devant la télé – il y en a une ! – ou, mieux, vous livrer à une petite sieste. Mais il est évident que la politesse exige que vous accompagniez vos amis dans leur promenade. De plus, vous êtes ici pour profiter de la campagne. Oui ou non ? Alors, marchez !

Trois heures plus tard, vous marchez toujours. Vous n'en pouvez plus. Vous avez l'âme d'un prisonnier de guerre trimballé dans la jungle par de cruels Japonais. L'Homme, lui, traîne la patte et garde un silence aussi sombre que la nuit qui va tomber. Vous avez l'impression que vos hôtes se sont bel et bien perdus. Ils échangent à voix basse quelques paroles aigres-douces. La maîtresse de maison reproche avec colère à son mari de l'avoir entraînée jusque-là. « Tu ne peux jamais rester tranquille », sifflet-elle. Lui : « Hein ? Quoi ? Ça, c'est trop fort ! C'est pour faire plaisir à TES copains que j'ai organisé cette balade. Moi, je n'avais qu'un seul désir : rester dans mon fauteuil devant la télé ou même faire la sieste. »

Lorsque vous retrouverez la maison – absolument par hasard – votre joie égale celle de Christophe Colomb apercevant les côtes américaines.

Le dimanche soir : retour

Il faut finir la vaisselle, ranger, lessiver, récurer, boucler, descendre les valises. Vous titubez de fatigue. Vos hôtes aussi. Néanmoins, lorsqu'ils vous déposent devant votre porte (après trois heures d'une route encombrée de 500 000 voitures), vous trouvez la force de dire : « Nous-avons-passé-un-délicieux-week-end. Merci-de-tout-cœur ! » Ils répondent : « Nous-avons-été-absolu-ment-ravis-de-vous-avoir. Revenez-vite. Et-avec-vos-enfants ! »

Et vous reviendrez. Parce que traîner à Paris un dimanche de printemps avec l'Homme et les deux enfants, c'est encore pire que tout.

L'HOMME, LE DIMANCHE...

L'Homme est un animal qui déteste se lever le matin. En semaine. Parce que le dimanche, alors que vous aimeriez faire la grasse matinée, il est debout dès l'aube.

Tout joyeux, il ouvre la fenêtre en grand, exécute quelques mouvements de gymnastique symboliques et claironne : « Ta-rata-tata ». Puis il part au pas de course vers le fond de l'appartement, sa radio à la main. Des cris vous apprennent qu'il a réveillé les enfants. Vous vous cachez la tête sous l'oreiller et vous essayez de vous rendormir.

Aux meuglements des Négresses Vertes, vous comprenez que l'Homme est revenu dans votre chambre avec sa chère radio. Il est au pied de votre lit, un marteau à la main. Il veut fixer une étagère dans le petit endroit. Vous n'avez aucun besoin d'une étagère dans le petit endroit, mais d'une lampe dans la chambre des enfants. Voilà un an que vous la réclamez. Non. L'Homme a décidé de fixer une étagère dans le petit endroit. Il appelle ses enfants et leur distribue superbement ses ordres. Marguerite, va me chercher l'escabeau. Philippe, apporte-moi les clous, etc.

Dans votre demi-sommeil, vous n'arrivez plus à vous rappeler s'il reste du mercurochrome dans la pharmacie.

Premiers coups de marteau. Vous sautez en l'air. Vos voisins aussi. Des exclamations étouffées et furieuses s'élèvent de tous côtés.

Les coups de marteau s'arrêtent. Silence inexplicable. Trots d'enfants. Bruits de tiroirs. Que se passe-t-il ? D'horribles jurons vous renseignent. Il manque la bonne catégorie de clous pour fixer l'étagère.

L'Homme revient au pied de votre lit, le marteau accusateur. Bordel de merde ! Pourquoi n'y a-t-il pas dans cette maison des clous pour fixer les étagères? Vous vous résignez à vous lever et à fouiller dans les vieilles boîtes à biscuits. Hélas, pas trace de clous à étagères. L'Homme décide alors d'abandonner ses travaux de menuiserie pour se consacrer à la peinture. Mais vous aviez prévu le coup et caché tous les vieux pots à la cave. Vous vous opposez à ce qu'il se transforme en maçon et jette à bas la cloison de la cuisine. Vous lui rappelez la lampe de la chambre des enfants.

Tous les plombs de la maison ont sauté. Des courts-circuits curieux priveront la famille de télévision pendant huit jours. Le drame total. La radio, elle, va bien, merci, Madonna!

L'Homme décide qu'il a assez bricolé et qu'il est temps de faire sa toilette. Il entre dans la salle de bains.

L'Homme sort de la salle de bains. Ce qu'il a pu y faire demeure mystérieux étant donné qu'il n'est ni lavé ni rasé.

Vous réussissez à envoyer l'Homme au marché avec sa radio et Patricia Kaas, Philippe et Marguerite. Pendant ce temps-là vous rangez hâtivement la maison, vous épongez la cuisine (pourquoi diable y a-t-il des glaçons par terre?) et vous descendez l'étagère à la cave. Vous dressez une liste d'occupations diverses pour distraire l'Homme et les enfants pendant le reste de la journée.

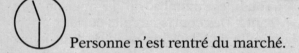 Personne n'est rentré du marché.

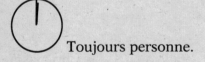 Toujours personne.

Ah! les voilà, les paniers débordant de provisions. «Ça, c'est un marché!» déclare l'Homme. Vous le félicitez. Vous vous gardez bien de lui faire remarquer : 1° qu'il a dépensé en une fois ce que vous dépensez en une semaine; 2° que vous savez également acheter des langoustines et du canard.

Vous vous battez avec une recette de canard. L'Homme passe la tête par la porte de la cuisine et annonce agressivement qu'étant donné l'heure tardive il ne va pas pouvoir assister au match de football. Parfait. La dernière fois qu'il y est allé, il est revenu avec un costume déformé par la pluie, une bronchite et des bleus partout (à cause des bourrades des voisins).

À table, le drame éclate. L'Homme découvre ce qu'il n'avait pas eu le temps de remarquer pendant le reste de la semaine : ses enfants sont mal élevés. Il entreprend avec zèle de rattraper leur éducation perdue. Les observations pleuvent. On ne colle pas des boulettes de mie de pain sur son nez. On ne sauce pas avec ses doigts. On écoute religieusement les parents. Dans un premier temps, vos enfants ne prennent pas au sérieux l'Homme dans son rôle de père. Votre fils pousse des cris de Sioux et se laisse tomber par terre du haut de sa chaise. Devant toutes les réprimandes, votre fille chantonne : « Ah ! qu'il est beau, qu'il est beau, le lavabo... Ah ! qu'il est laid, qu'il est laid, le bidet... » Deux bonnes gifles les ramènent dans le chemin du respect paternel. Le déjeuner s'achève dans un lourd silence.

Sans demander leur reste, Philippe et Marguerite sont partis regarder la télé chez des petits amis. Vous servez son café à l'Homme, étendu mollement sur le canapé. Le calme subit qui s'est abattu sur la maison et cette barbe mal rasée vous rappellent le temps où vous étiez des jeunes mariés sans souci. Malheureusement, l'Homme ne remarque absolument pas votre air sentimental. Il saisit son journal et se jette sur la page sportive. Bientôt le son d'une respiration régulière vous fait penser que l'Homme va piquer un petit somme.

Vous. – Tu dors ?

Lui *(yeux fermés, tête dodelinant)*. – Hein, quoi ? Non, je ne dors pas. Je pense.

Trois secondes plus tard, il ronfle. Vous éteignez la radio et la voix doucereuse de Julien Clerc.

L'Homme ouvre un œil, puis la radio. Hurlements des Garçons Bouchers. Il s'étire. Bâille. Se demande à voix haute ce que l'on peut bien foutre à Paris un dimanche après-midi. Vous sortez alors votre liste et vous lui proposez sept buts de promenade, onze films à voir et cinq visites de famille. Non, ce qu'il voudrait, c'est partir en voyage. À Bali, par exemple. En attendant, pour vous faire plaisir, il veut bien se laisser emmener pour un petit tour sur les bords de la Seine.

Au moment où vous allez partir, coup de sonnette. C'est Jacques, un copain. L'Homme avait complètement oublié qu'il l'avait invité. Jacques n'est pas d'accord pour une croisière sur les Bateaux-Mouches. Il en vient. Il propose d'aller à la foire du Trône.

Lorsque vous arrivez à la Porte de Vincennes, elle est déserte, les baraques sont parties ailleurs. Vous retraversez Paris, direction : les bords de la Seine. Quand vous y parvenez, votre Bateau-Mouche vient de gagner le large. Pas question d'attendre le suivant, il est temps de rentrer à la maison. Vous vous engouffrez de nouveau dans la voiture. Embouteillages.

Les enfants vous attendent, assis dans l'escalier. Ils font la tête à cause de la télévision. Ils ne pourront pas voir leur affreux feuilleton japonais bien-aimé. Vous leur recommandez la plus grande sagesse car l'Homme a décidé de se couper les ongles des doigts de pieds. Opération extrêmement délicate comme chacun sait. Il n'est pas question de parler ou de s'agiter à côté d'un Homme qui coupe les ongles de ses doigts de pieds. Ses sourcils froncés, sa bouche entrouverte, son attitude ramassée proclament assez au monde l'intensité de sa concentration.

Opération ongles des doigts de pieds menée à bien, hourra... Il ne vous reste qu'à balayer les rognures (il y en a partout, même dans les verres à dents...). Puis, d'une main, vous baignez les enfants et vous terminez leurs devoirs en vitesse. De l'autre vous faites dîner l'Homme.

Vous êtes brisée. Ouste, tout le monde au lit ! À peine l'Homme est-il dans le sien qu'il s'agite comme un rat. Il prétend qu'il y a des miettes du petit déjeuner dans les replis des draps. Vous brossez.

L'Homme qui a fait la sieste, lui, n'a pas sommeil. Il empoigne un livre de trois cent cinquante-six pages.

L'Homme lit toujours.

L'Homme finit par tomber endormi. Vous éteignez la lumière, la radio et les cris de Guesch Patti. Vous caressez tendrement son front. (Celui de l'Homme, pas celui de la terrible Guesch Patti.)

Demain, c'est lundi, ouf...

ÉVÉNEMENTS QUOTIDIENS

LA SCÈNE DE MÉNAGE

Jeudi

L'Homme a oublié de vous souhaiter votre fête. Vous n'avez rien dit mais vous en avez gros sur le cœur.

Vendredi

Plus le temps passe, plus l'abomination de cet oubli vous apparaît. Mais vous résistez à la tentation de vous plaindre. Vous subirez votre martyre, muette jusqu'au bout.

Samedi après-midi

Vous en êtes arrivée à la conclusion qu'il ne vous aime plus. Une tonne de tristesse vous écrase les épaules. Lui, avec la légèreté qui caractérise les Hommes, ne voit rien. Il bricole. Il chantonne même, le misérable !

Samedi, au dîner

Lui. – Qu'est-ce que tu as? (Ah! enfin, il daigne s'apercevoir de votre mine de *Mater Dolorosa*! Ce n'est pas trop tôt.)

Vous *(d'une voix lugubre)*. – Rien, pourquoi?

Lui. – Tu en fais une tête!

Vous. – Moi! Quelle tête?

L'Homme engouffre alors une énorme bouchée de hachis Parmentier, grommelle : «Bon, bon...» et s'absorbe dans la contemplation de la télévision. Cette indifférence vous frappe comme un coup de poignard. Vous vous rappelez qu'au début de votre mariage, il insistait : «Allons, dis-moi ce qui ne va pas.» (Vous le lui expliquiez et le drame explosait immédiatement.)

Samedi, après le dîner

L'Homme. – Tiens, j'ai rencontré Paul avant-hier. Devine ce qu'il m'a raconté.

Alors, là, vous éclatez. Comment! Il a rencontré Paul avant-hier, et il ne vous a encore rien dit? C'est trop fort! Il ne vous raconte jamais rien. Vous comptez moins qu'une mouche dans sa vie. L'Homme accueille vos plaintes par un haussement d'épaules. Quel odieux personnage! Ah! votre mère avait raison quand elle vous avait mise en garde contre lui.

Samedi

Vous développez le thème « les Autres » : les Autres ont des maris plus gentils. Muriel, par exemple, eh bien ! son mari l'embrasse chaque fois qu'il rentre du bureau. Les Autres ont des maris qui les accompagnent le samedi sans histoires lorsqu'elles font leurs courses, les Autres ont des maris prévenants, affectueux, qui les tiennent au courant de leurs affaires.

L'Homme garde le silence, au point que vous devez lui rappeler que vous lui parlez.

Vous êtes obligée de lui dire en face qu'il n'est qu'un égoïste. Il se croit ici à l'hôtel. Il ne s'occupe même pas de ses enfants. C'est un monstre.

L'Homme réagit enfin. Lui, un monstre ? Alors que :

1° C'est vous qui n'avez pas voulu déménager, il y a six ans. (Devant ce rappel, vous hoquetez d'indignation. Tiens, parlons-en un peu – pour la cinquantième fois – de ton déménagement.)

2° Il n'a même pas un cintre dans cette maison. Vous occupez toute l'armoire avec vos affaires.

3° Vous choisissez toujours le samedi pour faire une scène. (C'est vrai, mais les autres jours, il n'est pas là.)

4° Vous n'avez jamais la mémoire des choses agréables mais une machine comptable I.B.M. dans la tête pour les choses désagréables.

Et enfin :

5° On dépense un argent fou dans cette maison. Ce n'est pas un honnête travailleur que vous auriez dû épouser, mais Rothschild.

Devant cette accusation (qui revient à chaque discussion), vous bondissez. Quoi ? Il insinue que vous gaspillez alors que vous n'avez même pas acheté un jean neuf cette année ? Et que votre compte vire au rouge à la banque le 25 du mois ! Mais vous vous doutez bien où va l'argent. Le Monstre entretient un mannequin.

Cette attaque traîtresse (car vous n'en croyez pas un mot) fait suffoquer l'Homme de colère. Un mannequin ? Alors qu'il est un mari exemplaire. Mais si cela continue, on va voir ce que l'on va voir... Il a été trop patient avec vous jusqu'ici.

Vous éclatez en sanglots. Comment ce chien du Gévaudan ose-t-il vous dire des choses pareilles alors qu'*il a oublié de vous souhaiter votre fête* ? Il ne vous aime plus. Vous êtes trop malheureuse. Voilà à quoi conduit d'être une femme honnête. De lui avoir donné des enfants. De ne penser qu'à lui (il ricane, le lâche). Ah ! si vous étiez comme les Autres qui ne songent qu'à s'amuser, qui sont des garces, il serait plus aimable. Mais non, c'est toujours la même histoire. Soyez bonne avec les hommes et ils ne vous regardent même plus. Ils n'aiment que les emmerdeuses, c'est connu !

Le tableau que vous dressez de votre vie conjugale est tellement effrayant que vous vous demandez si vous n'allez pas vous suicider. Seule vous arrête la crainte qu'il ne vous retienne pas quand vous ferez mine d'enjamber le balcon.

Vous êtes épuisée, à bout de larmes. Alors que fait l'Homme ? Il va se coucher. Vous laissant seule alors que vous auriez tant besoin d'être consolée, choyée, dorlotée, rassurée. Votre vie est brisée avec une brute pareille. Dire que, dans votre jeunesse, vous aviez rêvé que les scènes se terminaient par des excuses plates (de sa part), des promesses folles, des bijoux, des déclarations : «Tu es le sourire et le miel de ma vie», par exemple. Dans la réalité, bernique. Vous envisagez de tomber gravement malade.

Dans le noir, vous vous posez la question : qui a bien pu lancer la légende des réconciliations sur l'oreiller ?

L'Homme est blotti à l'autre bout du lit et si, par hasard, votre jambe frôle la sienne, il sursaute comme si une guêpe l'avait piqué.

L'Homme s'endort tranquillement. Il a une pierre à la place du cœur, c'est sûr. Peut-être allez-vous essayer de le réveiller en allumant et en menaçant d'aller coucher dans le salon ? La peur que cet infect individu ne vienne même pas vous y rechercher vous en empêche.

Vous prenez des résolutions définitives. Vous allez vous remettre à travailler à l'extérieur. Finie votre vie consacrée à l'Homme, ses enfants, sa maison ! À vous, les dîners d'affaires ! À lui, les sandwiches et les surgelés ! Un

riche *raider* tombera amoureux fou de vous.
L'Homme en fera une dépression. Peut-être
même se suicidera-t-il ? Bien fait.

Dimanche matin

L'Homme revient du marché avec un petit
bouquet de fleurs. Quel amour ! Vous êtes la
plus heureuse de toutes les femmes. Le ciel
conjugal balayé par l'orage est tout bleu.

Vous ne saurez jamais ce que Paul a dit.
Du reste, cela vous est complètement égal.

LE GOÛTER D'ENFANTS

Dans la vie d'une mère, le goûter d'enfants compte parmi les plus rudes épreuves. Il faut, pour l'affronter, des nerfs d'acier. D'autant plus que vous avez appris l'événement par le coup de téléphone d'une inconnue demandant à quelle heure elle devait amener sa petite Caroline. Avant d'avoir compris ce qui vous arrivait, vous vous êtes retrouvée à la tête de quinze angelots des deux sexes, de sept à treize ans.

Le matin du grand jour

Vous vous levez de bonne heure pour aider Rose à faire le ménage à fond. (Aucun grain de poussière n'échappera aux regards balayeurs des autres mères.) Vous décorez la maison avec des guirlandes, des bougies, des ballons multicolores. Vous notez le numéro de téléphone des Pompiers. (Une expérience précédente vous a révélé l'équation suivante : enfants + bougies = feu aux guirlandes + ballons = explosions + hurlements des chers petits êtres = arrivée des Pompiers + sirènes et échelles = attraction *d'enfer* et goûter très réussi, de l'avis des enfants.)

Vous prévoyez aussi des culottes de rechange pour les plus jeunes des invités. Certains petits malheurs ne leur arrivent, paraît-il, jamais chez eux. Chez vous, oui.

Vous retirez les bibelots, meubles fragiles et tableaux que vous entassez dans votre chambre. Vous fermez les armoires à clef. Dans leur passion du déguisement, les enfants ne font pas souvent de différence entre de vieux rideaux et votre robe neuve de cocktail.

Premier coup de sonnette. Le goûter est prévu pour 4 heures. Mais la mère du petit Jean est pressée d'aller chez le coiffeur. Elle feint de n'avoir pas bien compris l'heure. Elle s'exclame qu'elle est désolée d'être en avance. Vous vous exclamez que cela n'a aucune importance. Pendant ce temps-là, votre dernière fournée de gâteaux brûle.

Tout le monde est là, sauf trois retardataires qu'une mère dévouée mais bavarde s'est chargée de récolter. (Ils arriveront si tard qu'ils auront à peine le temps de manger un éclair au chocolat avant de repartir.) Les autres s'assoient en silence et se regardent. Vous ne vous découragez absolument pas. Vous savez que c'est provisoire. Vous démasquez votre table de salle à manger surchargée de pâtisseries, de sandwiches, de bonbons, de quoi nourrir mille petits Éthiopiens. Ruée.

Votre fille Marguerite joue la forte tête devant ses copines. Elle vous réclame du saucisson et « un coup de rouge ». L'assistance glousse en guettant la tête que vous allez faire. Vous lui proposez courtoisement un morceau de pain sec et un verre d'eau fraîche. Les rieurs changent de camp. Quinze pour vous.

Ouf, ils ont goûté ! Vous essuyez mentons, vêtements, chaises, mains, table, rideaux, tapis. Vous courez fermer les robinets du lavabo et de la baignoire laissés ouverts par de petites créatures sur lesquelles un vent inattendu de propreté vient de souffler.

Vous proposez de jouer aux charades. Silence hostile de l'Assemblée. Puis une petite voix claironne : « Oh, ce n'est pas drôle ! » Vous proposez alors les joies du *Trivial Pursuit*. Non. Un jeune gaillard roux vous demande si vous avez des jeux électroniques à regarder sur la télévision. *Nébulus* ou *Dragon Ninja* par exemple. Non ? Vous êtes vraiment une mère *ringarde* ! Alors quoi ? Les filles veulent écouter des disques qu'elles ont apportés et les garçons se déguiser en monstres verts gélatineux ou en singes velus. Bon. Vous vous retirez alors dans votre chambre dont vous barricadez la porte avec la commode. À Dieu vat! Vous entendez d'abord la voix de Patrick Bruel braillant *Casser la voix*... à plein régime sur votre chaîne stéréo. Quelques furtifs cris de joie. Enfin un déchaînement de pieds et des beuglements, des sifflements, des barrissements! Très certainement une révolution au cirque Amar ferait moins de bruit. Ça bouge! ça court! ça hurle! ça rocke! ça déménage!

Vous ne sortez de votre tanière que pour sauver la petite fille condamnée à être brûlée vive comme la princesse Malika dans son vaisseau spatial et pour défendre le chauffage central attaqué à la hache par une horde d'ovnis en plastique argenté.

C'est l'heure de l'eau. Vous épongez la cuisine avant que les locataires du dessous (ceux dont les enfants ne vous saluent pas dans l'escalier) ne montent réclamer des dommages et intérêts pour leur plafond. Vous faites une ronde pour délivrer les prisonniers de guerre enfermés dans les placards. Vous soignez les maux de cœur. Vous avez l'impression que les enfants se sont multipliés comme des petits pains. Il y en a partout. Sous les lits. En haut des bibliothèques. Tapant la carte. Dansant dans la cuisine, la tête coiffée de votre passoire. Pleurant. Tout cela aux clameurs des groupes Indochine (*Troisième sexe*) et Duran Duran (*Wild boy*)...

Enfin les mères! Elles débarquent en commando, toutes à la fois, bouleversant le vestiaire, se chipant mutuellement les écharpes, les bonnets et les gants de laine de leurs enfants. (Moins un gant que l'on ne retrouve jamais.) «Ah! chère amie! comme c'est gentil à vous d'avoir invité mon petit Jacques (Paul, Pierre, Jean)...» «Ma petite Sylvie (Virginie, Élodie, Marie) était ravie...»

Vous les remerciez avec effusion de vous avoir confié leurs adorables trésors. Vous feignez de ne pas voir celui qui emporte le revolver à amorces de votre fils caché dans son jean. En fait, vous êtes assez contente d'être débarrassée de ce bruyant engin. Vous poussez dehors les amies de votre fille qui sont assez grandes pour rentrer seules chez elles.

Reste un enfant. Il dit qu'il s'appelle Pascal. Cinq ans et demi. Votre fils et votre fille prétendent tous les deux qu'ils ne l'ont pas invité. Vous le baignez et vous le faites dîner quand même.

Vous prévoyez un lit. Sa mère ne viendra peut-être le chercher qu'après le week-end.

L'Homme rentre. Lâchement, il avait fui au bar du coin. Il s'indigne néanmoins de retrouver un appartement au chocolat et à la crème pâtissière. Vous êtes beaucoup trop abrutie pour lui rabattre le caquet. Vous découvrez que le petit Pascal qui regarde béatement la télé dans un pyjama de votre fils habite dans l'immeuble du fond de la cour et qu'il est venu assister à la fête sans prévenir personne.

Le lendemain

Téléphone. Vous vous précipitez sur l'appareil, en croyant qu'une bonne âme veut vous remercier. C'est la mère de la petite Tiffany. Elle vous informe acidement que sa fille a la rougeole.

Quinze jours plus tard

Vous appelez le médecin. Vos enfants ont la rougeole. Bravo ! Plus de goûters d'enfants pendant un mois...

LE RESTAURANT

Ce soir, l'Homme vous emmène dîner au restaurant. Chez Truc. Parfaitement.

Lorsque vous y arrivez, vous découvrez que Truc est fermé justement aujourd'hui.

– Cela ne fait rien, dit l'Homme, on m'a parlé d'un bon petit bistrot près d'ici...

Malheureusement *on* a oublié de lui préciser *où* exactement. Vous battez le quartier. Au bout d'une demi-heure, épuisée par cette patrouille en jupe étroite et escarpins pointus, vous proposez d'aller chez Machin. Tu sais bien... Machin, ce *restau* branché où le Tout-Paris soupe, paraît-il. À l'autre bout de la capitale.

Quand vous entrez chez Machin, l'endroit est absolument désert. Vous vous demandez avec terreur si vous n'êtes pas en retard d'une mode. Le patron surgit et vous interroge sévèrement. Avez-vous retenu une table? Non... Alors, désolé, vraiment désolé, mais c'est *plein*... Vous ressortez de chez Machin sans tambour ni trompette. Accablés. D'autant plus que, au moment où vous repartiez, Françoise Sagan arrivait. Vous avez clairement compris que, pour elle, le patron avait bien trouvé une petite place. Cet incident fait naître en vous la farouche résolution de devenir célèbre, vous aussi, à tout prix.

Dehors, sur le trottoir, vous hésitez. Où aller? Impossible de vous rappeler la moindre adresse de pizzeria. Votre mémoire est une passoire vide. Vous examinez la carte affichée à l'extérieur d'une brasserie voisine. Votre air anxieux fait la joie des clients déjà installés à l'intérieur. L'Homme, lui, évalue hâtivement l'addition.

Lui. – Si on rentrait à la maison?...

Vous. – Ah, non, zut!... il n'y a rien de prêt...

Lui. – Bon... ben... allons chez le Chinois.

Vous. – Pouhhhh... c'est toujours là qu'on finit...

Lui. – Bon! on fait une folie... on se paie Chose!

Chez Chose, la table de vos rêves est là-bas dans le coin à gauche. Vous marchez vers elle d'un pas décidé. Le maître d'hôtel se précipite, les bras en croix : «Réservée», dit-il farouchement. (Encore! Les Parisiens passent leur temps à réserver. C'est fou!) Votre place à *vous*, elle est *là*. Près des cuisines. Vous jetez des regards éperdus tout autour de vous. Et cette table, *ici*, à droite? Hélas, quand vous êtes assise, vous découvrez qu'elle se trouve dans un courant d'air (ou devant la porte des toilettes, ou contre une desserte : le tintement des cuillers couvrira votre conversation).

Dès qu'il s'est assuré que vous n'allez plus déménager, le maître d'hôtel s'enfuit. Probablement à Hawaï pour y chercher les ananas du dessert, étant donné la durée de son absence. Quand il réapparaît, avec la carte et escorté d'un garçon, vous êtes si heureuse que votre mauvaise humeur fond comme neige au soleil. « À nous », dit-il gaiement en agitant un petit bloc et un crayon. Vous traduisez : « Hop, allons-y et que ça saute ! »...

Et, instantanément, vous sombrez dans la plus noire des incertitudes. Quels plats choisir ? Vous n'y connaissez rien en Nouvelle Cuisine. Vous lisez la carte dans tous les sens et à toute allure, pendant que maître d'hôtel et garçon vous fixent en silence. Pour éviter qu'ils ne s'impatientent (et repartent à Hawaï), vous demandez précipitamment des explications sur la gelée de caviar à la crème de chou-fleur, le biscuit de sardines et olives, les ravioles farcies aux herbes du Nouveau Monde. Le maître d'hôtel vous répond d'un air lointain. Il sait que vous allez prendre un rôt-de-bif de filet d'agneau.

Vous prenez un rôt-de-bif de filet d'agneau. À cause de votre ligne dans votre jupe étroite.

La minute d'après, vous regrettez votre sagesse. Pour débuter et compenser, vous vous accordez un turbotin aux oignons et lard confit. Et allez donc, ce soir, c'est fête !... Demain, vous porterez un caleçon élastique de Kenzo.

En attendant le turbotin, vous vous déchaussez subrepticement et vous regardez les blousons de mousseline transparente des autres femmes. Vous regardez aussi si l'on regarde votre propre blouson de mousseline transparente. Et si votre mari regarde les seins sous les blousons de mousseline transparente des autres femmes. Non. Il a trop faim. Pour lui faire prendre patience, vous babillez. Malheureusement, Homme affamé n'a pas d'oreilles et le piquant de vos propos lui échappe complètement. Il louche anxieusement vers les cuisines. Quand il menace d'aboyer, vous lui glissez de petits morceaux de pain enduits de moutarde.

Arrivée du bébé turbotin avec un minuscule oignon et un tout petit bout de lard confit dans une immense assiette. Instant béni. Malédiction! Vous n'avez pas de fourchette. L'Homme agite ses bras comme sur un quai de gare. Une fourchette! Une fourchette! En vain. Vous faites partie de ces gens marqués par le destin que les garçons de restaurant ne voient jamais. Ils filent comme des hirondelles en tous sens sans vous prêter la moindre attention. Votre seule satisfaction est d'entendre le dialogue angoissé de vos voisins (contre qui vous êtes tellement serrés que vous ne perdez pas un mot de leur conversation ni eux de la vôtre) :

Elle. – Je n'ai pas eu ma daube de grenouilles au xérès. Appelle le maître d'hôtel.

Lui. – Cela va venir.

Elle. – Voilà vingt minutes que j'attends. Mes grenouilles seront glacées. C'est insensé.

Lui. – Ne t'énerve pas, je t'en supplie. Garçon... psstt... garçon !

Rôt-de-bif de filet d'agneau englouti en deux bouchées. Vous ne saviez pas qu'il existait des agneaux si petits. Peut-être est-ce un hamster ? Vous picorez le pigeonneau farci aux anchois de votre mari. Gros comme un moineau mais délicieux. L'Homme va nettement mieux. Il consent même à vous confier ses vues sur l'avenir du gouvernement. Tu as raison, mon chéri. Une deuxième bouteille de vin rouge ? Pas mauvais, ce bordeaux !... Vous sauvez la France à vous deux en savourant le soufflé aux deux chocolats. Le rouge du drapeau monte à vos joues. Un certain engourdissement vous gagne.

Vous êtes brutalement réveillée par les regards meurtriers des clients affamés qui, au bar, attendent que vous décampiez pour se ruer sur votre table. On s'en va ? Garçon, l'addition...

Une femme bien élevée ne regarde jamais l'addition. Vous vous contentez donc d'y jeter un coup d'œil sournois. Puhhhh ! que c'est cher ! Vous calculez que, pour le prix, vous pouviez avoir un adorable petit ensemble en soie fleurie de la boutique de Christian Lacroix.

Fou ce qu'une addition de restaurant peut sembler élevée quand on a l'estomac bien rempli de bordeaux rouge! C'est aussi l'avis de l'Homme qui s'exclame :

– Zut! j'ai oublié mon portefeuille. Prête-moi de l'argent...

Il ne vous le rend jamais. Ce qui vous oblige à gonfler, mine de rien, les comptes du marché et à inventer des factures bidon d'électricien. Pour acheter cet adorable petit ensemble de soie fleurie dont, maintenant que vous y avez pensé, vous avez le plus urgent besoin, pour dîner au restaurant la prochaine fois.

LA GRIPPE BUISSONNIÈRE

Depuis deux jours, vous soupçonnez l'Homme de couver quelque chose. Tel l'oiseau qui se tait avant la tempête, il ne parle plus que par onomatopées. Ou même, roulé en boule dans les coins, il s'enferme dans un mutisme lourd de sous-entendus. Par contre, hier, il vous a remerciée, les larmes aux yeux, d'avoir pensé à lui acheter sa moutarde préférée. Et ce matin, tandis que vous prenez votre petit déjeuner, il reste au lit et s'enquiert deux fois de suite de votre santé.

Vous méditez sur ces symptômes inquiétants tout en croquant bruyamment vos biscottes.

L'Homme *(portant la main à son front)*. – Ah, cesse de croquer comme cela... et éteins la radio, s'il te plaît, j'ai un de ces mal-au-crâne !

Vous *(dans votre rôle de bonne épouse)*. – Mais qu'est-ce que tu as ?... Prends ta température... Tu ferais mieux de ne pas aller au bureau.

L'Homme *(dans son rôle de mâle héroïque)*. – Non, non, ne t'inquiète pas... ça ira... Tu sais bien que si je ne vais pas au bureau, ils ne *me* feront que des conneries !

Une demi-heure passe. L'Homme est toujours enfoui sous ses draps remontés jusqu'aux yeux. Vous vous gardez bien :

a) de manifester la moindre inquiétude. Rien n'affole plus un robuste gaillard autoritaire et décoré qu'un petit mal de gorge ou une migraine; *b)* ou de dire: «Ce n'est rien du tout.» *Tout ce qui arrive à un homme est follement grave.* Lui affirmer le contraire serait odieux.

Une heure plus tard

L'Homme. – Chérie, préviens le bureau que je suis très malade. Non, non, pas trop malade sinon Pomar va se mêler de mes affaires. Il n'attend que cela, le salaud. Dis à Mlle Dupont qu'elle prévienne Durand de rappeler au patron que le dossier Duval, etc.

Vous *(au téléphone dans la pièce à côté).* – Bonjour, mademoiselle! Mon mari est souffrant. Il ne viendra pas aujourd'hui. Merci.

Clac.

Votre devoir accompli, vous retournez au chevet du malade.

Lui *(ton mourant).* – C'est fait?

Vous. – Oui, mon chéri, ils ont dit que tu ne t'inquiètes pas...

Lui *(furieux).* – Ne pas m'inquiéter... tu parles... Tiens, la dernière fois que j'ai été malade, ils ont envoyé le dossier Dufour à Montauban! Tu te rends compte?

Absolument pas. Mais vous désirez avant tout éviter de le contrarier. Vous opinez donc avec chaleur:

– Incroyable... Et ta température?

Il apparaît alors que l'Homme n'a pas tellement de fièvre. Un petit 37°5. Allons, ce n'est pas trop inquiétant (une petite grippe buissonnière). L'Homme est indigné. Quoi? Pas plus de 37°5? Son honneur de malade est en jeu. Vous l'assurez que la grippe asiatique qui court cette année ne donne justement pas de fièvre. Mais qu'elle est très mauvaise.

L'Homme admet alors qu'il ne se sent pas bien du tout. Il se demande même s'il ne va pas crever comme un chien.

Les deux jours suivants

L'Homme est entré dans la première phase de la maladie : celle du Nouveau-Né. Il geint. Il somnole. Il a peur dans le noir. En conséquence :

1° Vous le laissez dormir. C'est du reste le moment où l'Homme est le plus adorable : faible comme un chaton, confiant et plaintif.

2° Vous l'empêchez de prendre des médicaments retrouvés au fond de votre pharmacie et pas périmés – une chance – toutes les deux heures et par triple dose.

3° Vous le rassurez constamment. Non, il n'est pas fichu. Oui, ses forces reviendront. Mais non, ce n'est pas le cancer.

Stimulée par vos responsabilités et la joie de pouponner, vous avez, vous, de l'énergie à revendre, l'œil vif et le pied décidé. Vous décidez de ranger toutes les armoires de la maison.

Le surlendemain matin

Mieux très net. Le Nouveau-Né devient un Adolescent difficile. Il grogne, s'agite, se promène pieds nus dans la cuisine. Il se coupe les cheveux (il y en a partout). Alors :

1° Vous vous armez de patience devant ses caprices.

L'Homme *(grognon).* – C'est un yaourt à quoi ?

Vous. – À la fraise.

L'Homme *(grognon).* – J'ai horreur des yaourts à la fraise. Je veux un yaourt à la framboise.

Vous. – Mais hier, tu m'as dit le contraire...

2° Vous l'obligez à prendre ses médicaments. L'Homme, brusquement, prétend que : « Toutes ces saloperies me rendent malade. » Dieu merci, vous savez mater les fortes têtes. S'il ne prend pas sa potion contre la toux gentiment, il sera privé de télévision. Et vous lui ferez honte devant les enfants. L'Homme consent alors à l'avaler avec des grimaces atroces et en réclamant de la confiture. L'ange qu'il a épousé lui donne de la confiture. Il la renverse sur ses draps. Là, tout de même, l'ange manque de perdre patience et d'injurier son mourant ! Non. Bravo ! L'ange sera promu archange.

3° Vous continuez à le rassurer constamment. Non, il n'est pas fichu. Mais non, ce n'est pas le Sida. Du reste, comment l'aurait-il attrapé, hein ? Oui, ses forces reviendront, etc.

En fin d'après-midi

Visite du copain Duparc. Précipitamment, vous changez les draps à la confiture, le pyjama auréolé de potion contre la toux. Vous dissimulez sous le lit l'amas de journaux, de livres, de pantoufles, de papiers.

Duparc. – Alors, mon vieux, ça ne va pas ?

L'Homme *(malade, dans un souffle)*. – La grippe asiatique...

Duparc. – Ah, dis donc, ça c'est vache !

Les deux hommes hochent tristement la tête.

Vous. – Bon, eh bien, je vous laisse bavarder tous les deux. *(À Duparc)* : Naturellement, vous restez dîner avec nous...

Vous espérez bien que non.

Duparc. – Oh, je ne voudrais pas vous déranger...

Vous. – Pensez-vous ! Au contraire. *(À vous-même :* Flûte, alors !)

Duparc. – Alors, d'accord mais à une condition : pour dîner, une simple tranche de jambon et un yaourt.

Vous. – C'est promis.

Vous courez à la cuisine. Il n'est naturellement pas question de nourrir votre invité avec une tranche de jambon et du yaourt. Votre mari en serait indigné. Duparc aussi, du reste. Vous éventrez des boîtes de conserve. (Qui connaît un ouvre-boîtes qui ouvre *vraiment* les boîtes ?) Vous fouillez votre congélateur. Vous envoyez les enfants trois fois de suite à l'épicerie arabe du coin. Ah, cette maison où il n'y a jamais ce qu'il faut quand on en a besoin ! Et si vous essayiez cette nouvelle recette de veau à la crème ? Et un soufflé au crabe ? Vous commencez à battre les œufs avec rage.

Pendant ce temps-là, l'Homme malade et Duparc jouent aux cartes. Vous entendez clairement leurs cris joyeux : « Ah... Salaud... Tricheur... Ordure... Je te tiens, mon cochon... »

Le lendemain du quatrième jour

Réveil. L'Homme est en pleine forme. Il écoute la radio en croquant son pain grillé avec la même ardeur frénétique que les Gipsy Kings. Vous êtes morte de fatigue. Surtout quand vous songez à toute la vaisselle du dîner de la veille que vous devez faire prestement avant l'arrivée de Rose. (Elle tomberait en syncope sur le carrelage si elle entrevoyait le désordre qui règne dans sa cuisine.)

Mais qu'importe. Vous êtes heureuse...

Une petite grippe buissonnière est la maladie la plus merveilleuse qui soit. En effet, elle permet à l'Homme et à la Femme de réaliser leur rêve le plus cher. Pour l'Homme, être soigné, choyé, dorloté. Et se sentir délicieusement important. Pour la Femme, soigner, choyer, dorloter. Et se sentir délicieusement indispensable.

LE GRAND DÎNER

Vous avez pris une grave décision. Vous allez donner le grand dîner dont vous parlez depuis deux ans. Et mettre enfin votre robe en organza jaune paille volantée du haut en bas. Depuis que vous l'avez achetée, vous n'avez reçu comme par hasard aucune invitation et elle n'a pas quitté son carton.

Trois semaines avant

Le soir, dans votre lit, vous discutez avec l'Homme des gens à inviter. Les Georges sont ennuyeux à mourir. On doit une politesse aux Pierre. Les Jacques détestent les Paul, etc.

Quinze jours avant

Vous faites votre menu. De désastreux précédents vous ont appris que les soles se réduisaient parfois à la taille de langues de chat et les canards à la grosseur d'un pinson. Vous demandez au fidèle Ahmed de venir vous faire un couscous.

132

La veille du grand jour

Branle-bas de combat. Avec Rose, vous revenez du marché en traînant de quoi nourrir une caserne de C.R.S. dodus. Vous remplissez la baignoire de fleurs. Une valise à la main, vous entreprenez la tournée de la famille : vous empruntez à votre mère ses petites cuillers, une saucière, un grand plat, à votre belle-sœur des moules à gâteaux, aux cousins d'Oran leur seau à glace.

Dans la nuit

Vous vous levez, hagarde, pour mettre les pois chiches à tremper. Vous les aviez oubliés...

Le matin

L'aspirateur vrombit à travers l'appartement. On se croirait dans un camp d'entraînement de jets. Vous rangez fébrilement. (Consiste principalement à bourrer les tiroirs des commodes avec les objets posés dessus.) Vous jetez les vieilles bouteilles d'eau de Cologne, une tonne de journaux, des dizaines de disques cassés, trois dînettes dépareillées. Vous retrouvez avec épouvante une lettre de votre oncle Richard à laquelle vous n'avez jamais répondu (vous serez déshéritée...).

Vous entassez dans un placard tout ce qui traîne encore. Vous n'auriez jamais pensé que vous aviez chez vous tant d'horreurs. Les vieux bouquins sont cachés derrière les neufs.

Déjeuner éclair. Enfants réexpédiés en grande vitesse à l'école. Arrivée d'Ahmed portant son couscoussier. Les bouteilles de blanquette de Limoux ne tiennent pas toutes dans le frigo. Vous les descendez dans celui du concierge. Vous lui en offrez une.

Vous filez comme une fusée chez le coiffeur. M. Robert, ému par vos supplications, consent à vous donner un coup de peigne avant votre tour. Bien que vous ayez refusé sa coupe à la Grace Jones.

Vous sortez de chez M. Robert en agitant vos doigts (pour faire sécher le vernis de vos ongles. Eh oui! Aujourd'hui vous vous êtes offert la manucure!) Vous courez acheter des verres, des petits couteaux, un abat-jour, une nappe, douze serviettes. Le temps vous manque pour choisir de nouvelles chaises. Votre mari s'assoira sur le tabouret de la salle de bains.

Vous rentrez, toujours au pas de charge. Votre cuisine ressemble à une ruche surchauffée : Ahmed roule le couscous, Rose confectionne des tartelettes, son mari – appelé en renfort – moud le café, les enfants font des pâtés de semoule par terre.

D'une main, vous coupez les avocats dont les noyaux glissants ne veulent pas se séparer, de l'autre vous préparez une vinaigrette. Les enfants plantent les noyaux des avocats sur le balcon et répandent de la terre sur la moquette propre. Ils se plaignent que les avocats ne poussent pas immédiatement.

Vous passez votre temps à fermer les portes pour éviter les odeurs de cuisine mais le diable les rouvre derrière vous.

Téléphone. Votre cœur s'arrête. Quelqu'un se décommande... Non. C'est votre mari qui vous prie de ne pas oublier de brosser son costume neuf. C'est fait. Vous lui rappelez de rapporter cigares et cigarettes en rentrant du bureau.

Le tire-bouchon a disparu.

Vous allez dans la salle de bains faire couler un petit tub pour les enfants. Les fleurs sont toujours dans la baignoire. Vous vous ruez pour les entasser dans des vases en bouquets pas du tout japonais. (Honte!)

Marguerite et Philippe ont pris subrepticement leur bain en «oubliant» de se savonner. Vous les installez devant leurs leçons (qu'ils espéraient bien ne pas apprendre) et vous prenez une douche à votre tour. Vous êtes à peine sous le jet que toute la maisonnée vous appelle derrière la porte. Rose vous avertit que la carafe d'eau en cristal est cassée! Ahmed ne trouve pas la menthe pour le thé. Votre fille vous demande, étant donné un champ en triangle isocèle de 255 m de hauteur et de 356 m de base, quelle est sa surface en ares et l'âge des pommiers.

Vous enfilez votre robe. Enfin! Mais le petit collier de vraies perles de votre grand-mère, que vous comptiez mettre avec, a disparu. Nom de Dieu, où est-il? Caché dans le haut de l'armoire avec mille autres choses qui vous dégringolent sur la tête. Vous hurlez. À ce moment, l'Homme rentre (En retard – Exceptionnellement le Patron l'a retenu...) et demande à quoi vous jouez. Il a oublié cigares et cigarettes. Vous ne prenez même pas le temps de l'injurier et bondissez jusqu'au bureau de tabac. Votre robe d'organza jaune paille volantée du haut en bas y fait sensation.

Des braillements sortent de la chambre des enfants. Ils ne veulent pas manger de courgettes. D'une voix forte, vous les placez devant l'alternative : fessée ou séance de cinéma mercredi prochain.

On sonne. Allons bon! Un plouc qui ne sait pas qu'à Paris, c'est chic d'arriver à 21 h pour le dîner. (Et tant pis si votre estomac se tord de faim.) Vous n'avez pas fini de vous maquiller. «Vas-y», dit votre mari, vêtu de son seul petit caleçon. Silence interminable. Enfin, quelqu'un va ouvrir. Vous entendez votre fille dire : « Bonjour, Maman a fait des folies. Elle a acheté des couteaux, des verres, une nappe. Mais Papa n'a pas voulu qu'elle achète des chaises. » Vous vous ruez au salon avec du blush rhubarbe sur une seule joue. Vous n'avez pas mis de parfum.

Tout le monde est là sauf les Robert. Et s'ils avaient oublié ? Vous vivez dans une attente infernale.

Ah, voilà les Robert. Ils expliquent avec volubilité que leur voiture était bloquée dans des encombrements dingues à l'Étoile. Ces idiots n'avaient qu'à partir plus tôt : il y a tous les soirs des encombrements dingues à l'Étoile. Mais cela ne fait rien. Voilà un merveilleux sujet de conversation.

Vous. – Cela devient vraiment infernal de rouler dans Paris !

Chœur des invités. – Si cela continue, il faudra interdire toute circulation dans le centre, etc.

Pendant ce temps, vous versez de la blanquette de Limoux à la ronde et vous passez des olives dont vos invités crachent discrètement les noyaux n'importe où malgré l'armada de cendriers que vous aviez disposée en évidence.

On passe à table. Maintenant c'est au tour des avocats vinaigrette de se faire attendre.

Les avocats ont dû repartir pour Jaffa, avec leur vinaigrette. L'Homme vous adresse des mimiques interrogatives. Vous sonnez, sonnez, sonnez tout en parlant, parlant, parlant. La sonnette est cachée à vos pieds sous la table et vous devez piétiner le sol un peu au hasard. D'énervement, vos joues sont rouge langouste.

Voici les avocats! Vous avez l'impression que vous n'avez pas respiré depuis quinze jours! Vous ne saurez jamais la cause de leur retard.

L'entrée du couscous est saluée par des cris de joie qui révèlent la fringale de vos invités. Heureusement que la semoule, ça bourre. Vos mains préparent la sauce piquante pendant que votre esprit se demande s'il y aura assez de tartelettes aux poires et que vos oreilles écoutent l'Homme en train de s'enfoncer dans la plus horrible des gaffes. N'est-il pas lancé dans une histoire de «grosse mémère» alors que sa voisine essaie de perdre vingt-cinq kilos depuis dix ans? Vous cherchez son pied sous la table mais vous ne trouvez que la sonnette. Rose apparaît et vous roule des yeux interrogateurs. Vous lui faites signe que tout va bien. À peine est-elle repartie – en pensant que vous êtes folle – que vous la resonnez pour qu'elle vous apporte du gros sel. Votre voisin vient de renverser sur votre robe d'organza jaune paille son verre de gris de Boulaouane. Vous lui jurez que cela n'a aucune importance mais vous aimeriez lui lacérer le visage avec vos ongles. Vous finissez la soirée avec une tache marronnasse sur votre sein gauche. Malgré les efforts de la brave dame blonde du pressing, elle ne s'en ira jamais. Fatalitas!

Vous poussez votre troupeau d'invités dans le salon. Où il se sépare immédiatement en deux blocs bien distincts: 1° Celui des hommes agglutinés autour de la cheminée; 2° Celui des femmes serrées en tapon à l'autre bout de la pièce. Vous avez beau gémir: «Mais, asseyez-vous, je vous en prie!», ils restent debout, les bras ballants. Vous prenez le parti de tirer discrètement l'Homme par le bas de sa veste pour qu'il tombe sur le canapé, aussitôt imité par ses voisins.

Vous naviguez d'un groupe à l'autre, écoutant à peine les conversations, préoccupée d'empêcher le moindre silence de s'installer. Vous avez préparé dans l'après-midi trois phrases clés. La première : « Qu'est-ce-qu'il-y-a-comme-bon-film-à-voir-en-ce-moment ? » (Réponse : Aucun. Le cinéma français est en crise !)

Le bruit des conversations s'est élevé. On doit vous entendre du bout de la rue. Pourvu que les voisins du dessous (ceux dont les enfants ne vous saluent pas) ne téléphonent pas à Police-Secours. Tant pis, ce caquetage assourdissant est signe que la soirée est réussie.

Un ange passe. Mais vous l'attendiez de pied ferme. Vite, vous lancez votre phrase clé n°2 : « Qu'est-ce-qu'il-y-a-comme-bon-livre-à-lire-en-ce-moment ? » (Réponse : Aucun. L'édition française est en crise !). (En réserve : « Connaissez-vous-un-bon-hôtel-aux-Seychelles ? » Réponse : Aucun. Le tourisme mondial est en crise !)

Les Jacques se lèvent pour partir. Voilà dix minutes que le mari agitait discrètement son bracelet-montre en direction de sa femme qui ne remarquait rien. Vous vous exclamez : «Vous n'allez pas déjà nous quitter!» Ils se croient obligés de se rasseoir.

Vos invités viennent de lever le siège en bloc. Et de descendre l'escalier dans un vacarme joyeux d'éléphants. Les voisins vous feront la gueule demain. Vous avez la tête comme une citrouille, les yeux rougis par la fumée cancérigène (à quoi servent les campagnes anti-tabac payées par vos impôts?), les jambes qui vous rentrent dans le corps, la bouche sèche. Vous ouvrez les fenêtres et vous respirez avec délices l'air frais parisien pollué! Vous commencez à ranger l'affreux désordre de verres et de cendriers. Vous vous demandez comment vous allez annoncer demain à votre mère que Rose a cassé le grand plat qu'elle vous avait prêté. (On a pu entendre le *crash* du fond du salon.)

– Bon, moi, je vais me coucher, dit l'Homme. Soirée très réussie. Tu vois bien que ce n'est pas une telle affaire de recevoir des amis. Mais tu aimes faire des histoires...

CRISE DE CONSCIENCE

Les Enfants se sont depuis quelques années emparés de la presse, de la radio et de la télévision où ils mènent une campagne insidieuse contre les méthodes d'éducation de leurs parents. Encouragés par la pauvre Françoise Dolto dont l'influence dure, hélas, toujours et par une Association des Droits de l'Enfant (et les Devoirs, où ils sont passés ?) dont les avocats viennent jusque dans les écoles semer la révolte. La terreur de n'être pas dans le coup vous atteint aussi par moments. Vous vivez alors un drame familial.

ACTE I

Scène 1

(Une chambre d'enfants. Votre fille Marguerite est en train d'entasser dans une valise un poupon manchot, trois culottes, un paquet de Choco BN, une boîte de sucre, deux disques de Michael Jackson et quelques mouchoirs. Elle enfile – sans le boutonner, naturellement – un manteau. À gau-

che de la scène, un tableau noir avec l'inscription : « Jen ait mare ! »)

Entre Rose, la femme de ménage.

Rose. – Qu'est-ce que tu fais ?

Marguerite. – Je m'en vais. J'en ai plein les baskets de cette maison. On m'attrape tout le temps.

Rose. – Et où vas-tu ?

Marguerite. – Chez ma grand-mère. Là, on me gâte.

Rose *(qui en a vu d'autres)*. – Bon. Mais attends au moins d'avoir goûté.

Elles sortent toutes les deux par une porte du fond qui donne sur la cuisine. Une exquise odeur de chocolat s'en échappe quelques instants plus tard. Marguerite ne ressort pas.

Scène 2

(Une chambre à coucher bourgeoise. Dans le lit conjugal, l'Homme semble dormir. À côté de lui, vous lisez. Sur la table de chevet, un pêle-mêle d'ouvrages, de crayons, de feuilles de papier couvertes de notes.)

L'Homme. – Éteins...

Vous *(ton dramatique)*. – Aujourd'hui, Marguerite a voulu s'enfuir de la maison. Sous prétexte que je l'avais grondée parce qu'elle avait traité un chauffeur de taxi de « vieux con ». À neuf ans...

L'Homme. – Ah, bah !... *(il ricane sous son oreiller)*.

144

Vous. – Naturellement, tu t'en fiches. Tu te fiches de tout. Mais quand ta fille sera enceinte à seize ans et que ton fils se baladera déguisé en skinhead, tu crieras.

L'Homme *(affolé)*. – Mais que faire ?

Vous. – Moderniser notre système d'éducation. Nous ne sommes pas assez dans le coup. *(Vous brandissez un livre.)* Écoute ce que dit la doctoresse Sarah Fred-Lobestein, professeur à l'Université de Barracuda-Massachusetts : «Toute la question de l'apprentissage de la politesse est délicate. On peut y arriver par des ordres sévères et des punitions. Mais, obtenue de cette façon-là, elle est complètement inutile... Si vous en faites une histoire, vous risquez de gâter tous vos rapports avec vos enfants...» Hein, qu'en penses-tu ?

L'Homme. – Euh... *(Il se met à ronfler.)*

Vous continuez fébrilement votre lecture.

ACTE II

Scène 1

(Une salle à manger bourgeoise. La famille déjeune.)

Vous. – Marguerite... Je t'assure, ma chérie, que tu devrais fermer la bouche en mangeant et ne pas te coucher sur ton rôti de veau...

Marguerite ne bouge pas d'un pouce. Elle se

*contente de vous jeter un regard vide d'expres-
sion.*

Votre fils, Philippe, *zézayant à la cantonade.* –
Nous, on a un nouveau prof, il est nul !

L'Homme *(ignorant cette remarque intéres-
sante et s'adressant à vous).* – Nous pourrions
peut-être dîner dehors ce soir. Paul m'a parlé
d'un nouveau restaurant japonais qui...

Marguerite *(impétueusement).* – C'est dégoû-
tant ! Vous ne nous emmenez jamais... Vous êtes
des parents écœurants !

*Vous ouvrez la bouche pour réprimander verte-
ment cette créature effrontée, vous vous ravisez.
N'êtes-vous pas en train de donner un complexe
de frustration à ces petits ? Pourquoi n'auraient-
ils pas le droit eux aussi de dîner dans des restau-
rants japonais ?*

Marguerite. – Surtout que c'est l'anniversaire
de Johnny !

L'Homme. – Quel Johnny ?

Philippe. – Ça alors, quelle question : Johnny
Hallyday, tiens !

L'Homme. – Mais qu'est-ce que nous avons à
voir avec Johnny Hallyday ?

Marguerite *refuse de discuter plus longtemps
avec un père aussi primaire. Elle s'adresse à son
frère.* – Dis donc, toi, t'as rudement besoin d'aller chez le coupe-douilles.

L'Homme *(inquiet).* – Qui c'est, le coupe-
douilles ?

Marguerite *(excédée).* – Ben, le coupeur de
tifs, le coiffeur, quoi !

Vous serrez les poings et par un prodige vous

conservez votre maîtrise. L'Homme semble effondré.

Marguerite *(péremptoire)*. – Veux pas de yaourt, aujourd'hui.

Philippe. – Moi non plus... moi non plus...

Ils se lèvent brusquement de table tous les deux, en renversant leurs verres, se mettent à courir dans la pièce et sortent, toujours en se poursuivant. Montent du fond de l'appartement des clameurs abominables.

Scène 2

(La chambre d'enfants. Dans un désordre effrayant. Philippe et Marguerite sont assis en silence autour d'une table. Votre fils crayonne consciencieusement de rouge la barbe de Charlemagne dans son livre d'histoire. Votre fille découpe un morceau d'étoffe. On entend des pas dans le couloir. Précipitamment, les deux enfants dissimulent livre et étoffe.)

Vous *(entrant, d'une voix enjouée)*. – Alors, vous travaillez bien?

Les Enfants *(chœur angélique)*. – Oui, Maman!

Vous. – Bon, je vous fais confiance. Je ne vous demande pas de me réciter vos leçons. Je ne regarde pas vos devoirs. À vous de prendre vos responsabilités. Ainsi que vous le ferez plus tard, dans la vie.

Les Enfants, *avec entrain*. – Oui, Maman!

Vous sortez, enchantée. Les enfants se remettent paisiblement à leurs coloriage et découpage.

Scène 3

(La chambre à coucher des parents. La même qu'à l'acte I, scène 1. Vous êtes dans votre lit. Vous semblez avoir vieilli de dix ans. L'Homme entre.)

L'Homme. – Sais-tu où je viens de trouver Marguerite ? Au petit coin, où elle lisait *Conan le Barbare,* ton manteau sur la tête et un oreiller sous les pieds pour ne pas attraper froid. Quant à Philippe, il se trémousse tout nu sur son lit en chantant à pleine voix : « T'es qu'un skin et t'en es fier, Dans tes poches, les poings tu serres, T'es rocker et t'en es fier... »

Vous ne répondez pas. Votre visage amaigri est tiraillé de tics nerveux.

L'Homme. – J'ai appris que le petit Stéphane est venu jouer ici ce soir. J'avais pourtant dit que je ne voulais pas que ce galopin mette les pieds à la maison.

Vous. – Les enfants l'adorent. Et la doctoresse Sarah Fred-Lobestein recommande particulièrement de laisser les enfants choisir leurs petits amis, sans essayer de les influencer.

L'Homme *(grognon).* – Sauf sûrement dans le cas du petit Stéphane. Il a cassé ma chaîne stéréo pendant que Marguerite découpait ma cravate Dior en lanières. Je regrette que tu m'aies empêché de lui coller une bonne fessée.

Vous. – La doctoresse Sarah Fred-Lobestein dit que les fessées détruisent l'équilibre psychique des enfants alors qu'une simple protestation ferme mais gentille les empêche de recommencer. À moins qu'il ne s'agisse de névrosés.

Scène 4

(Vous êtes effondrée sur une chaise dans la cuisine.)

Rose. – Moi, madame, je m'en vais. J'en ai ma claque. En trois semaines, les enfants ont provoqué une inondation, allumé un incendie, dévasté l'armoire à provisions. Le petit Philippe, que j'ai vu naître, vient de me traiter de « vieille chouette ». C'est plus qu'une femme normale peut supporter.

Scène 5

(Vous êtes effondrée sur une chaise dans le bureau de la Directrice d'École.)

La Directrice. – Madame, je suis au regret de convoquer vos enfants en retenue mercredi prochain. Pour la troisième fois en trois semaines. À la quatrième, d'après le règlement, je dois les renvoyer.

Scène 6

(Vous êtes seule dans la cuisine où vous préparez le dîner.)

On entend éclater dans le lointain des rugisse-
ments. L'Homme surgit en trombe dans la pièce,
tenant un morceau de cravate à la main.

L'Homme *(il bégaie de rage)*. – Ces petits misé-
rables ont cette fois découpé ma robe de chambre en soie ! Je la retiens, ta doctoresse Sarah
Fred-Lobestein...

Vous. – Ah, mon Dieu, mes enfants sont des
névrosés...

Vous éclatez en sanglots.

ACTE III

Scène 1

(La salle à manger. Décor habituel. Toute la fa-
mille est à table.)

Marguerite. – Je ne veux pas manger de pot-
au-feu. Cette année, le pot-au-feu me donne envie de vomir.

Vous *(éclatant brusquement)*. – Marguerite, ou
tu manges ton pot-au-feu sans histoires ou tu
vas dans ta chambre avec un morceau de pain
sec.

Un grand silence tombe sur la famille stupé-
faite. Marguerite, sans un mot, se met à manger
son pot-au-feu.

Philippe. – M'man, de l'eau.

Vous. – Qu'est-ce qu'on dit ?

Philippe. – S'il vous plaît, Maman.

Vous. – Bien. Maintenant, essuyez votre bouche tous les deux, tenez-vous droits et ne vous lancez pas des coups de pied. À propos, le premier qui s'avise de découper en lanières un vêtement quelconque recevra une fessée dont il se souviendra. Et ce soir, vous me réciterez vos leçons et vous me montrerez vos devoirs.

Les enfants *(voix onctueuses)*. – Oui, Maman !

Vous vous levez alors, traversez la pièce, saisissez un livre sur la cheminée, le jetez dans la corbeille à papier. On lit vaguement le titre au passage : Psychologie enfantine moderne, *par la doctoresse Sarah Fred-Lobestein.*

ACTE IV

Vous dînez au restaurant avec l'Homme, en amoureux. Sans les enfants. Il commande du champagne pour célébrer votre retour à l'éducation de Papa.

Parents opprimés, révoltez-vous !

(ou adhérez à l'Association Américaine des Parents Battus par leurs Enfants. Si, si, cela existe !)

UNE BONNE MALADIE

Vous prenez votre température, vous découvrez que vous avez 40° de fièvre. Vous vous couchez et vous vous préparez à faire face non seulement à la maladie, mais aussi :

1° Aux médecins

Par un phénomène curieux, alors que vous les considérez tous comme des ânes lorsque vous êtes bien portante, vous les prenez pour des succursales de Lourdes dès que vous êtes malade. Mais attention : ils ne sortent plus de leur grotte, dite cabinet médical. Vous devez donc vous y rendre, même à l'agonie, portée en palanquin par une famille en larmes. D'autre part, il est essentiel de savoir de quelle maladie vous souffrez avant de vous déplacer. Le Professeur ne vous soigne que pour la spécialité qu'il connaît. À l'usage, vous avez constaté qu'il était préférable d'avoir un ulcère à l'estomac qu'une bonne vieille grippe qui n'intéresse personne. Même pas le généraliste de S.O.S. Médecins qui est venu chez vous examiner avec intérêt votre mobilier. Il n'accourt pas pour vous guérir mais pour vous distraire. Grâce aux médicaments et à la Sécurité sociale.

Les médicaments se présentent sous des formes aussi variées qu'amusantes. Piqûres, pilules, ampoules, comprimés, dragées, comprimés dragéifiés, granulés, sirops, cachets (tamponnés ou pas), suppositoires, etc. À prendre 1, 2, 3, 4, 5, 6 fois par jour, 1, 2, 3, 4, 5, 6 gélules à la fois, toutes les heures, toutes les deux heures, tous les jours, 2 cuillerées (à café, à dessert, à soupe) au réveil, 17 granulés de suite, 1 suppositoire au coucher, 3 ampoules avant, pendant, après les repas. (Les ampoules offrent une distraction de choix : elles sont supposées être autocassables, elles sont surtout autocoupantes. Naturellement, vous avez de tout dans la pharmacie de votre placard, sauf de quoi soigner des coupures. Vous faites couler l'eau froide du robinet – de plus en plus polluée, paraît-il – sur votre plaie en espérant que la gangrène ne s'y installera pas.)

Lorsque vous n'êtes pas occupée par la lecture des ordonnances ou l'absorption des médicaments, vous collez des vignettes sur les formulaires de la Sécurité sociale. Que vous remplissez consciencieusement. Et signez avec fierté « sur l'honneur ». La Sécurité sociale est le seul organisme que vous connaissez qui croie encore à votre honneur. Vive la Sécu !

2° À votre famille

L'Homme. – Il est hébété de stupeur de vous voir malade. Après vous avoir fait chaud au cœur, son inquiétude commence à vous miner le moral. Vous préférez le renvoyer à son bureau d'où il vous téléphonera trente-sept fois par jour d'une voix faussement enjouée.

Vos enfants. – Dans les brumes de la fièvre, vous aviez espéré voir vos enfants se transformer en chérubins stupéfiés de douleur au pied de votre lit. Le premier jour, c'est vrai. Le second, les chérubins se mettent à voleter en tous sens en demandant à chaque instant : «Tu n'as besoin de rien?» dans l'espoir ardent d'entrer et de sortir à toute vitesse de votre chambre en claquant bruyamment la porte. Le troisième jour, vous entendez le dialogue suivant :

Philippe. – Si elle meurt, on aura sa voiture.

Marguerite. – Bah! elle est toute cabossée...

Philippe *(plein d'enthousiasme)*. – On la fera réparer. On pourra peut-être la vendre un bon prix et, avec l'argent, on s'achètera des motos.

Marguerite. – Ça, c'est *cool*! Mais moi, je garde sa machine à écrire.

Philippe. – *Arrête ta flûte!* On partage tout.

Marguerite. – Yé! On partage tout.

Rassérénée à l'idée que vos enfants ne se disputeront pas haineusement votre héritage, vous les faites repousser dans le fond de l'appartement. Désormais vous n'entendrez d'eux que leurs piaulements lointains.

3° Aux visites

Il est curieux de constater que les âmes de bonne volonté qui viennent vous rendre visite le font toujours au moment où passe la seule bonne émission de radio de la journée. Ou bien lorsque vous allez vous endormir après vous être retournée deux cent cinquante-trois fois sur le pompon mal placé du matelas. Vous avez à peine le temps de changer précipitamment votre vieille chemise de nuit de pilou contre celle ornée de dentelle et de rubans roses, que la première visiteuse entre allègrement dans votre chambre au cri de : « Ah ! mais quelle bonne mine tu as ! » Or, rien n'est plus exaspérant, quand vous vous *savez* à l'agonie, que d'entendre votre belle-sœur assurer gaiement que vous avez l'air en pleine forme. Surtout lorsque, la semaine suivante, elle déclarera : « Cela fait plaisir : tu as quand même meilleure mine que mardi dernier. »

Les sujets de conversation des visiteurs sont :

1) le temps magnifique qu'il fait dehors. Alors que vous êtes clouée dedans pour je ne sais combien de temps ;

2) les spectacles sensationnels que l'on donne en ce moment à Paris et qui seront finis lorsque vous serez guérie ;

3) et surtout la maladie. Pas la vôtre, bien sûr (encore qu'ils aient feint de s'y intéresser avidement pendant au moins cinq minutes), mais la

leur. Celle qu'ils ont eue, qu'ils ont ou qu'ils vont avoir. Aucun détail intime ne vous est épargné. On est entre collègues. Quand ils ont fini l'exposé de leurs petites misères, tout au bonheur d'avoir un auditoire qui ne peut s'enfuir, ils entreprennent la description des maux de leurs enfants, de leurs parents, de leurs amis (en insistant spécialement sur les morts mystérieuses et implacables qui frappent les jeunes femmes dans la fleur de l'âge). Après quoi, il n'est pas question que vous n'essayiez pas immédiatement un docteur-sensationnel-qui-a-sauvé-Madeleine, un guérisseur-qui-fait-merveille-dans-les-cas-désespérés (« Écoute, téléphone-lui tout de suite, devant moi, je serai plus tranquille »), et quinze régimes. Aux plantes... sans viande, composé exclusivement de gruyère... avec calories... sans calories... vive les fibres... à bas la cellulose... attention aux protéines... pas de sauce... Le seul point commun de tous ces régimes, mis au point par des esprits ingénieux et pervers, c'est que le sel en est toujours farouchement exclu. On se demande bien pourquoi le sel a été considéré comme indispensable à la santé humaine pendant des siècles et pourquoi des caravanes risquent encore leur vie en transportant à travers le désert des plaques de cette détestable denrée.

Si, au bout de deux mois de cette vie, vous êtes encore de ce monde, c'est que la mort n'a vraiment pas voulu de vous. Vous pouvez alors essayer de vous lever. Et de vous traîner chez une autre malade pour lui raconter vos malheurs.

UN NOUVEAU MEMBRE
DANS LA FAMILLE

Un samedi après-midi, vous rentrez des Galeries Farfouillette, les bras chargés de pantoufles à tête de chat, de chaussettes, de culottes, de doudounes, de baskets, de saladiers en plastique bleu, etc. En tournant la clé dans la serrure, vous percevez des bruits de galopades, des chuchotements : « Attention, la voilà... dis-lui, toi... » qui ne vous laissent présager rien de bon. Vous entrez. Les enfants se jettent sur vous comme si vous aviez été absente trois mois.

Vous *(résignée)*. – Vous avez cassé QUOI ?

Philippe et Marguerite *(en chœur)*. – Rien, petite Maman chérie.

Simplement, ils voudraient « quelque chose ». En échange de ce « quelque chose », ils s'engagent à ne demander aucun cadeau ni pour leurs anniversaires, ni pour Noël, ni pour le 1er janvier. Ce troc vous paraît plus qu'inquiétant. Qu'est-ce que c'est ?... Une surprise, petite Maman chérie...

Car ce « quelque chose » est, paraît-il, déjà au salon. Exactement aux pieds de l'Homme qui vous sourit d'un air embêté. Vous manquez vous évanouir. *C'est un énorme chien.*

Vous faites alors un discours émouvant d'où il ressort que : 1° il est criminel de garder d'aussi grosses bêtes dans d'aussi petits appartements à Paris. À moins d'être Louis XI conservant le cardinal La Balue dans une minuscule cage ; 2° vous refusez, vous, de vous occuper de cet immense animal alors que vous avez déjà à veiller sur un mari de 1,90 m et deux enfants remarquablement remuants ; 3° Rose, qui a déjà menacé de s'en aller à l'arrivée des rossignols du Japon, rendra son tablier lundi et... vous partirez avec elle.

L'Homme prend à son tour la parole. Il jure solennellement que : 1° Dick n'a pas la taille que vous voyez. C'est surtout du poil. Quand on l'aura tondu, il apparaîtra de la grosseur d'un rat. Et Dick, malgré sa race indéterminée, est un chien bien élevé, propre et tout ; 2° Dick est facile à vivre, il mange peu et n'importe quoi ; un croûton, trois macaronis et même les restes de chou-fleur dont vous ne savez jamais quoi faire ; 3° Dick sera promené matin et soir par le père de famille, et par ses enfants. Ni vous ni Rose n'aurez à lever le petit doigt.

Vous restez inébranlable : c'est Dick ou vous.

Votre petite famille se replie alors dans le fond de l'appartement et décide d'user d'une autre tactique. On vous fait la tête. Lorsque vous entrez dans la chambre des enfants, pas un regard ne se lève vers vous. On vous répond avec une politesse lointaine. Votre mari s'absorbe dans la re-lecture de son journal. La maison est plongée dans un silence sinistre. Seul

Dick frétille sur vos talons. Vous vous surprenez à le caresser et à lui confier à voix basse vos petits malheurs de mère de famille.

L'Homme demande un armistice. Dick restera huit jours à la maison, puis on l'installera à la campagne chez vos beaux-parents où les enfants le retrouveront aux vacances. Armistice accepté. On décide de le fêter avec une boîte de sanglier-aux-pommes-fruits Hédiard tirée de votre réserve pour les grandes occasions et une coupe de votre chère blanquette de Limoux. Dick, conscient de l'allégresse générale, saute joyeusement en tous sens. (Sans rien dire, pour ne pas attrister l'atmosphère, vous remettez debout le guéridon, vous épongez l'eau du vase cassé dont vous jetez les morceaux.)

Dick accepte volontiers la moitié de la boîte de sanglier-aux-pommes-fruits Hédiard.

Ensuite, vous partez tous accompagner votre hôte dans sa petite promenade du soir. L'Homme – qui le tient en laisse – s'exclame hypocritement que marcher après le dîner est excellent, vraiment, pour la santé. Il n'a pas le temps de finir sa phrase qu'il part brutalement au galop et disparaît à l'horizon, tiré par Dick qui a aperçu un chat. À leur retour, vous décidez de vous encorder en famille et par rang de taille au bout de la laisse. Malgré cela, vous êtes traînés tous les quatre d'un caniveau à l'autre, à la grande joie des passants.

Dimanche

Vous aviez installé hier soir pour Dick un nid douillet avec votre vieille robe de chambre de laine tricotée. Hélas, il s'est mépris sur votre sollicitude et l'a déchiquetée joyeusement. L'appartement est plein de bouts de laine. Vous passez l'aspirateur pour éviter à Rose une crise cardiaque.

Lundi

Vous jurez à Rose : 1° que Dick est la huitième merveille des chiens; 2° qu'il part dimanche prochain à la campagne.

Rien n'y fait, Rose s'enferme dans sa cuisine et dans un silence menaçant. Vous trottez derrière Dick d'une pièce à l'autre pour réparer, la première, ses éventuels «oublis», lui arracher les jouets des enfants, le réconforter s'il pleure, etc.

Il refuse le reste des nouilles au gratin que votre petite famille avait pourtant fort appréciées. Il désire du sanglier-aux-pommes-fruits Hédiard.

Mardi

Ne pouvant emmener Dick dans le métro, vous avez dû le laisser à la maison une partie de la journée. Il a hurlé à la mort tout le temps de votre absence. Les voisins se sont plaints au concierge et vous ont menacée d'une pétition au gérant. Rose n'a toujours pas ouvert la bouche.

Mercredi

L'Homme découvre que Dick a mâchonné une de ses chaussettes préférées. Il pousse des barrissements épouvantables et va même jusqu'à le traiter de sale bête. Vous consolez un Dick très abattu avec une énorme platée de bœuf bourguignon avec des pâtes fraîches. Ouf! il adore cela : vos réserves de sanglier-aux-pommes-fruits, de sauté de chevreuil et de poule au champagne Hédiard étaient épuisées. Vos économies aussi.

Jeudi

Les enfants refusent de promener Dick, le soir. Ils veulent regarder à la télévision *Le Grand Bleu* qu'ils ont déjà vu sept fois.

Vendredi

Au moment de dîner, drame. Dick a disparu. Les enfants éclatent en sanglots. Rose jure qu'elle n'a rien vu. L'Homme prend la tête des opérations. Il va sillonner le quartier en voiture pendant que vous et les enfants fouillerez les rues avoisinantes, interrogerez les concierges, les agents de police, les garçons de café. Une heure plus tard, Dick reste introuvable mais Marguerite a disparu. Quand vous la retrouvez – dans le métro – c'est Philippe qui n'est plus là. Vous vous demandez si vous n'allez pas devenir folle. Le commissaire de police commence à être exaspéré par votre sarabande. Sur le coup de dix heures du soir, ayant récupéré à la fois votre mari et vos enfants, vous décidez d'arrêter les recherches. Vous remontez chez vous avec un Philippe et une Marguerite barbouillés de larmes.

Dick est dans la cuisine et dans les bras de Rose à qui il lèche tendrement les joues.

Un mois plus tard

Personne ne parle plus du départ de Dick. Naturellement c'est vous qui le sortez matin et soir, qui préparez son bœuf bourguignon aux pâtes fraîches et haricots verts vapeur, qui le toilettez, etc.

La plus belle conquête du chien, c'est la femme.

VOTRE FILLE SUR SCÈNE

Aujourd'hui, Marguerite fait ses débuts sur scène dans un programme de danses enfantines.

Depuis une semaine, vous vivez dans un tourbillon de tulle, de mousseline, de soie, de crépon. La nuit, vous rêvez chaussons. Dès l'aube de ce grand jour, la *Danseuse étoile* est debout. Elle répète inlassablement ses pas. Rose vérifie continuellement s'il n'y a pas un dernier point à faire. Vous découvrez que les chaussons de danse blancs doivent être teints en vert. Vous foncez chez le marchand de couleurs. Il vous donne à choisir entre de la teinture pour tissu qui raidira le cuir des semelles ou de la teinture pour cuir qui rétrécira le tissu mais séchera en une heure. Vous prenez la seconde. Au hasard. L'atmosphère est tellement électrique que l'Homme décide d'aller à son bureau bien qu'on soit samedi et d'y déjeuner d'un sandwich. Les chaussons refusent de sécher et déteignent. Tant pis. Votre danseuse aura les pieds verts pendant quinze jours.

Vous partez pour le théâtre à la vitesse d'une fusée, portant à bout de bras un bonnet de crépon vert et jaune figurant le calice d'un bouton-d'or. Derrière vous : Rose succombant sous le poids de la valise aux costumes, votre fils serrant sur son cœur la trousse de maquillage et l'Étoile ne portant rien comme il sied à une *ballerina assoluta*.

Les coulisses ont tout d'un caravansérail bondé de petites Chinoises, de bébés écossais, de pages, de tutus, de valises, de feuillages, de perruques et de mères vociférantes.

L'agitation y est extrême, la chaleur intense, le bruit affolant. Attila aurait fui. Une Isadora Duncan miniature piétine le costume de votre fille.

Vous allez intervenir. Brutalement un haut-parleur prie les mères de regagner la salle. Vous embrassez votre Étoile qui, dans son émotion, enfonce son bonnet de crépon vert et jaune jusqu'aux yeux. Elle a le trac. Vous encore plus.

Vous découvrez maintenant avec horreur que les places que vous avez louées à prix d'or sont sur le côté au troisième balcon. De là, il est impossible de voir la scène sans torticolis. L'attitude de vos beaux-parents vous fait comprendre qu'ils savent que c'est votre faute. Si vous ne vous étiez pas occupée de cela comme de tout, c'est-à-dire au dernier moment, une chose pareille ne serait pas arrivée. En riposte, vos parents demandent pourquoi votre mari n'est pas encore là. Sous-entendu, ses affaires ne sont pas telles qu'elles l'empêchent d'assister à l'heure à cet événement unique : voir danser sa fille.

Premier tableau : les saisons

Les danseuses vêtues de crépon, à genoux, la tête dans les mains, figurent les fleurs endormies. Arrive le printemps en gambadant. Les fleurs soupirent, s'étirent et se mettent à danser... Dans la salle, les parents s'agitent. Chacun cherche sa danseuse des yeux. «Elle est là!...» crie Rose qui, dans son excitation, secoue votre beau-père comme un prunier. Enfin, vous LA voyez. La sixième à partir de la droite, au dernier rang. Tout autour de vous, ce ne sont que des chuchotements attendris : «Regardez... La troisième du deuxième rang... Mais si!... En primevère...» De leur côté, les danseuses jettent des regards à la dérobée en direction de la salle. Les mouvements d'ensemble s'en ressentent. Votre mari arrive. Vous lui promettez que vous ne dévoilerez jamais à sa fille, jusqu'à sa majorité, qu'il n'assistait pas au premier tableau.

Deuxième tableau : berceuse

Les danseuses, en mousseline rose, miment une reine berçant son enfant. Votre Étoile est maintenant au premier rang. Elle danse avec une conviction farouche et ressemble plus à une guerrière ouzbek qu'à une mère attendrie. Ce spectacle n'en bouleverse pas moins l'Homme qui s'exclame qu'on n'a jamais vu enfant plus adorable. Il a un poignard dans le cœur à l'idée

de la donner un jour à un affreux jeune poly-
technicien plein de boutons. Vous le consolez en
lui rappelant que cette petite merveille n'a que
neuf ans et qu'il vous reste encore quelques années pour en profiter.

Pendant ce temps, l'héroïne, rentrée en coulisses, tente d'en ressortir une seconde avant la
mesure. La main du professeur la retient par le
fond de sa culotte. Vous regardez autour de
vous. Personne ne semble heureusement avoir
remarqué l'incident. Rose est pâle d'émotion.
Vos parents et vos beaux-parents sont l'image de
la béatitude. Même le pompier de service, la
bouche ouverte, a l'air subjugué. Votre cœur de
mère fond de fierté.

Sur scène, votre fille salue. L'assistance ap-
plaudit chaleureusement. On entend votre fils
crier : « C'est ma sœur ! »

Troisième tableau : carnaval

Votre Étoile ne figure pas dans ce tableau.
Son père s'en indigne aussitôt. Pourquoi paie-
t-il donc un cours de danse toute l'année (à un
prix exorbitant) si ce n'est pour voir danser sa
fille ? Il a bien remarqué, d'ailleurs, que la petite
Caroline figurait dans *tous* les tableaux. Qu'on
veuille bien lui expliquer par quelle faveur !
L'apparition éclair à vos côtés de votre Tchérina
en herbe coupe heureusement la discussion.
Elle est venue avertir ses admirateurs de ne pas
s'en faire quand, dans le tableau de *Perrette et le*

pot au lait, elle laisserait tomber le pot. Ce serait exprès, hein? Du reste, ajoute-t-elle en confidence, le pot est en caoutchouc et ne risque pas de se casser.

L'Étoile tient également à rassurer sa famille sur la durée du spectacle. Tout sera fini à cinq heures parce qu'on doit rendre la salle qui, après, est louée pour un concert. «Alors, comme on a commencé en retard, on va se bousculer drôlement.»

De fait, désormais, les tableaux se succèdent à une allure infernale. *Perrette* (succès pour votre fille, deux rappels et demi mais le rideau s'est relevé alors qu'elle se battait avec Caroline), *Le Lac des Cygnes, Coppélia,* etc. Il est juste cinq heures lorsque le tableau final s'achève dans un tonnerre d'applaudissements, de bravos, de rappels. Des gerbes sont apportées aux danseuses et aux professeurs (une collecte spéciale avait eu lieu la semaine précédente parmi les parents).

De retour à la maison, votre future Pavlova donne un récital privé dans la cuisine, devant un cercle d'admirateurs parmi lesquels on remarque le concierge, les voisins du sixième et même M. Tom, le pharmacien, mystérieusement prévenu. Le mari de Rose débouche une bouteille. Du coup, vous n'osez plus proposer le chocolat d'honneur que vous aviez préparé. Enivrée de gloire et de blanquette de Limoux, l'Étoile danse, danse, danse...

Mais, las, les fêtes n'ont qu'un temps et les petits enfants doivent toujours aller se coucher à un moment donné, sur l'ordre de parents bornés et rabat-joie. Votre héroïne se soumet à cette règle avec une dignité blessée impressionnante. Telle Cendrillon en butte aux scélératesses de sa marâtre, elle se fourre au lit avec un visage désespéré et lointain, son tutu et son bouquet.

Et sa hideuse marâtre, après avoir embrassé le bout de cheveux qui émerge seul du lit, va pieusement glisser le programme de cette journée triomphale dans son coffret à souvenirs. Entre les lettres au Père Noël, les carnets scolaires et des dessins de maisons bancales. Tous documents qui ne présentent aucun caractère historique ou artistique mais illuminent les vieillesses des marâtres.

UN PEU DE BRICOLAGE

Un matin, vous vous levez en pleine forme, remplie du désir d'entreprendre de grandes choses. Vous décidez d'acheter pour les enfants deux petites armoires de bois blanc. *Et de les peindre vous-même*, pendant le week-end, l'une en bleu pour votre fille, l'autre en vert pour votre fils, avec des filets noirs pour tout le monde.

Vendredi soir

L'Homme, réquisitionné, vous aide à titre exceptionnel à transporter les armoires dans la cuisine. Au passage, il érafle la peinture du couloir. Cela ne fait rien. Vous repeindrez aussi le couloir.

Vous vous mettez gaiement à l'ouvrage.

Vous n'auriez jamais soupçonné que la surface du bois blanc puisse autant ressembler à des dunes sahariennes. Vous avez beau gratter, raboter, mastiquer avec une énergie folle, les creux et les bosses semblent se déplacer au fur et à mesure. Vous vous arrêtez de poncer avant d'avoir réduit vos armoires (et vos ongles) en poudre. Vous en avez jusque dans le nez et la gorge.

Pourquoi avez-vous acheté des pinceaux aussi cabochards ? Ils refusent absolument d'étendre la peinture en couche lisse et régulière. À certains endroits, celle-ci coule en forme de péninsules indiennes (les poils des pinceaux indiquent les rivières). À d'autres, vous avez beau tamponner furieusement des platées de bleu ou de vert, le bois réapparaît inlassablement.

Inouï ce qu'une peinture en apparence inoffensive peut gicler loin. Y compris dans le coin le plus éloigné de la cuisine, le seul où vous n'aviez pas mis de journaux par terre.

Mais comment font les Autres pour peindre le dessous des planches sans se laquer entièrement le poignet droit et les cheveux ?

Petit drame : ayant entré à la fois votre tête et l'ampoule baladeuse dans l'intérieur d'une armoire, le fil a sauté. Obscurité. Tâtonnements. Pot de peinture verte renversé. Vous ramassez le précieux liquide avec une cuiller et quelques gros mots.

Samedi

Votre mari qui dormait lorsque vous vous êtes couchée, épuisée, pousse un coassement effrayé en se réveillant. Il prétend que vous avez l'air d'une tigresse tachetée bleu et vert. Pourtant, vous avez passé une heure la nuit dernière à vous baigner dans la térébenthine.

L'Homme cherche partout son journal dont il n'avait pas fini les mots croisés. Vous n'osez pas lui avouer qu'il est sous une des armoires, entièrement maculé.

Vous ne passerez pas la seconde couche de laque aujourd'hui : la première n'est pas sèche, malgré les promesses du marchand de couleurs.

Dimanche

L'Homme parti à un match de rugby et les en-fants chez votre mère, vous attaquez la seconde couche.

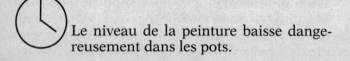 Le niveau de la peinture baisse dange-reusement dans les pots.

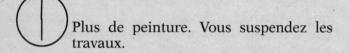 Plus de peinture. Vous suspendez les travaux.

Votre mari rentre. Tout ce qu'il trouve à dire, c'est que la peinture qui manque dans les pots se trouve sur les journaux par terre en une couche épaisse. Vous vous retenez de mordre : 1° parce que vous êtes sainte et martyre ; 2° parce que c'est vrai.

Lundi

Le marchand de couleurs est fermé. Rose de-mande à voix haute à ses casseroles quand vous aurez fini de transformer sa cuisine en porche-rie. C'est une honte de voir une chose pareille. Elle sait que vous l'entendez. Vous savez qu'elle sait que vous l'entendez.

Mardi

Vous descendez chez le droguiste. Les enfants, en allant à l'école, l'ont déjà mis au courant de vos malheurs. Mais il avait compris que vous aviez repeint tout votre appartement. Il saute en l'air quand vous lui avouez qu'il ne s'agit que de deux petites armoires. «Ma pauvre petite dame, vous ne tirez pas assez sur la peinture», s'exclame-t-il. Vous remontez chez vous, décidée à tirer *à mort* sur cette sale peinture.

Au déjeuner, votre mari demande si cela n'aurait pas été plus économique (et plus simple) d'acheter à Drouot une armoire badigeonnée par Picasso.

Le soir, enfin, vous venez à bout de la seconde couche. Vous branchez un radiateur électrique pour qu'elle sèche plus vite. Mais quoi?... Non!... Ce n'est pas possible... une main criminelle a jeté la térébenthine. Impossible de vous coucher barbouillée comme vous l'êtes. Dans votre désespoir, vous réveillez l'Homme. Il grommelle «kevouzavéka*» descendre avec un jerrican aspirer de l'essence dans le réservoir de la voiture. La crainte d'être surprise à une heure du matin par des agents de police, entièrement peinturlurée et accroupie derrière votre voiture, vous fait repousser cette suggestion. Votre arrivée au poste d'essence cause déjà une certaine surprise. Un joyeux zigoto assure à la ronde que vous êtes une Martienne en tenue de camouflage.

---

* Déclinaison de l'expression masculine bien connue : *Inyaka.* (Traduction française : débrouille-toi.) Généralement suivie de : *Tator.*

Mercredi

Grâce au radiateur, tout un côté de l'armoire est bien sec. Mais cloqué. La maison sent tellement l'essence que vous avez le choix entre l'asphyxie immédiate (fenêtres fermées) ou la pneumonie (fenêtres ouvertes).

Vendredi

Dieu du ciel, merci, *c'est fini*... Vous voilà à la tête de deux armoires bleu-vert (les peintures ont été mélangées clandestinement par le diable) avec des points de tweed (grumeaux) et des filets ondulés comme des cardiogrammes. Les enfants vous remercient à peine.

Vous ne parlez plus de repeindre le couloir de la cuisine. Personne ne vous le rappelle. Ce qui vous vexe un peu. Mais votre âme forte est habituée à l'ingratitude des vôtres.

Vous nettoyez les tachés miraculeusement apparues dans tout l'appartement (sur les jupes de Marguerite, les jeans de Philippe, les chaussettes de l'Homme, le divan du salon, etc.). Vous êtes interrompue dans cette opération par le coup de téléphone d'une de vos amies d'enfance dont vous n'avez pas eu de nouvelles depuis longtemps.

– Tu es toujours aussi occupée ? interroge-t-elle, admirative.

– Je viens de finir de décorer des armoires pour la chambre des enfants, répondez-vous d'un ton léger. Tu sais, ce n'est rien à faire. Juste un peu de bois blanc, trois petits coups de pinceau et hop...

L'ANNIVERSAIRE DE MARIAGE

Aujourd'hui, c'est l'anniversaire de vos dix ans de mariage. Hé oui ! déjà. Et pourtant, dix ans, c'est long. Si long que vous vous demandez si l'Homme vous aime encore. Depuis quelque temps Il vous ignore complètement. Au point que vous avez l'impression d'être devenue un fantôme. Mais une femme peut-elle séduire son mari après dix ans de mariage ? Vous décidez de' tenter l'expérience le soir même. Après vous être débarrassée des enfants pour la nuit chez vos beaux-parents. Une mère de famille encombrée de deux petits monstres a plus de mal à débaucher un homme qu'une sultane toute à lui.

L'œil critique, vous vous regardez dans la glace. De près. De loin. De profil (en rentrant le ventre). Hélas ! Hélas ! il faut que vous perdiez d'ici à ce soir votre petit double menton, une dizaine de rides et la moitié de votre arrière charnu. La situation est grave. Vous devez prendre conseil.

Après dix-sept coups de téléphone, vous découvrez que toutes vos amies utilisent une arme secrète pour vamper leur mari. L'une un déshabillé étourdissant, l'autre un petit dîner fin avec bougies et musique douce, la troisième se maquille outrageusement les yeux (bien que cela ne soit plus tellement à la mode dans vos chers magazines féminins). « Cela affole les hommes », assure-t-elle. Jacqueline a une amie qui, pour frapper un grand coup, a acheté une voiture de sport à 5 heures, a enlevé son mari à la sortie du bureau et l'a emmené d'un seul trait en Italie d'où ils sont revenus heureux avec beaucoup de petits bambini. Cette méthode vous semble rudement bonne mais coûteuse. Plusieurs de vos amies jurent, en revanche, que rien n'est plus efficace pour séduire un homme que de lui répéter toute la soirée : « Tu as bien fait... Comme tu as raison... Comme tu es beau... comme tu es fort... Tu es vraiment merveilleux, mon chéri... »

Vous sortez faire des courses. Entre le petit tas de billets cachés dans un vieux gant et l'économie réalisée au mois de juillet sur la note de téléphone, vous avez récupéré une jolie somme pour fêter dignement ce grand jour.

Vous rentrez du même pas résolu avec un sac plein de petits pots, de tubes, de flacons, un déshabillé copié sur un modèle de Nina Ricci (la vendeuse vous l'a juré), une cravate et des chaussettes assorties de chez Dior pour l'Homme (parfaitement), du caviar et de quoi faire un exquis petit souper. Vous avez dépensé le montant de dix pleins d'essence.

Vous étendez sur votre figure la pâte particulièrement noire et répugnante d'un masque de beauté. C'est le moment que choisit le téléphone pour sonner. Vous l'auriez parié. Vous décrochez en murmurant : «...! llô.» (Le mode d'emploi du masque recommande vivement de ne pas parler pour éviter de craqueler la boue une fois durcie.) «Au nom du ciel que se passe-t-il ? Tu as une voix étrange», crie votre mère au bout du fil. Vous sifflez entre vos dents : «Masque sur la figure... dix ans de mariage... te rappelle. »

Rose entre en trombe dans votre chambre, épouvantée par les provisions extravagantes entassées dans sa cuisine. En apercevant votre visage noiraud, elle hurle et laisse tomber la lampe qu'elle portait. La voisine du dessus descend voir ce qui se passe. Vous vous posez la question : « Existe-t-il des femmes qui arrivent à se mettre tranquillement un masque de beauté ? »

Tout votre petit monde calmé, et profitant de ce que votre mari a un déjeuner d'affaires, vous commencez votre régime sur-le-champ par un jeûne complet. Pour vous encourager, vous allez chercher en haut de l'armoire les photos de votre mariage. Cette vue vous émeut. Mais vous vous apercevez que vous n'étiez pas si mince que cela à cette époque, mal maquillée et affreusement coiffée. Sans compter que vous aviez l'air tarte à un point stupéfiant. Vous vous demandez si, après tout, vous n'êtes pas beaucoup plus « sexy » dix ans plus tard. Du coup vous remettez à une date ultérieure votre régime et vous vous accordez un festin de pain beurré et de café au lait. Après, cela va mieux !

Votre mère vous rappelle au téléphone : « Je me demande finalement, chuchote-t-elle, si tu n'aurais pas mieux fait d'épouser le petit Stanislas. Tu sais, celui qui avait de si beaux yeux et une telle fortune... Du reste, ta tante Paule, qui connaît sa mère, me dit souvent qu'il t'aime toujours. – ... Bah... bah... » dites-vous avec désinvolture. Mais vous êtes sournoisement enchantée. Rien de plus enivrant pour une femme que la simple idée d'avoir un amoureux fidèle quelque part dans le monde.

Vous retournez vous regarder dans la glace. Vous avez des crampes à force de rentrer votre ventre. Le masque vous a fait du bien mais vous n'avez tout de même pas perdu dix ans d'un seul coup. Que faire? Ah! il vous faudrait un philtre d'amour. Avec cela, vous seriez tranquille. Quelques gouttes de philtre et ho! zoum! voilà l'Homme enchaîné à vos pieds, tendre et admiratif pour toujours. Vous mettez votre bibliothèque à sac pour retrouver la recette du breuvage enchanté de Tristan et Iseult : «Pour se faire aimer, on prendra un cœur de colombe, un foie de passereau, la matrice d'une hirondelle...» Mais comment, diable, attraper toutes ces bestioles sans avoir d'ennuis avec la S.P.A.? Brigitte Bardot et Allain Bougrain-Dubourg?... «Mélangez 5 grammes de cantharide, une pincée de racine d'ellébore pulvérisée, une demi-poignée de fleurs de coquelicot et le pied d'une licorne endormie sur les genoux d'une jeune vierge...» Où trouve-t-on des pieds de licorne? (Chez le boucher?) Et vous imaginez la stupeur de M. Tom, votre vieux pharmacien, si vous lui demandez 5 grammes de cantharide. (Après cela vous n'auriez plus qu'à changer de quartier.) Vous abandonnez à regret la préparation d'un philtre d'amour pour courir chez le coiffeur. Vous en sortez avec des cheveux *bétonnés à mort* par une laque qui résistera, paraît-il, à tous les emportements amoureux...

En chantonnant, vous vous glissez dans un merveilleux bain-aux-sels-moussant. (La mousse à elle seule coûte une petite fortune.) Vous étiez faite pour le luxe, c'est sûr. Vous ne vous occupez pas assez de vous-même. Vous avez tort. Mais tout cela va changer. À travers votre mousse, vous vous imaginez un avenir doré et une personnalité nouvelle, désinvolte, reposée, brillante, séduisante.

Vous enfilez votre déshabillé. Vous vous maquillez les yeux comme une danseuse russe. Vous répandez sur vous la moitié du flacon de parfum. Vous passez la revue de détail : le couvert avec nappe brodée et bougies, les fleurs, le caviar, etc.

L'Homme n'est pas rentré. Vous commencez à vous ennuyer. Et puis, ce déshabillé n'est pas commode pour circuler dans l'appartement.

L'Homme n'est toujours pas rentré. Il se moque du monde. L'odeur fleurie de votre parfum commence à s'atténuer. Vous vous inondez de la deuxième moitié du flacon.

Personne. La moutarde vous monte au nez. Il doit traîner avec des amis au café. Naturellement. Vous, vous ne comptez pas. Vous êtes trop bonne, voilà la vérité. Au fond, les hommes n'aiment que les garces. Mais celles qui leur donnent des enfants, qui les soignent lorsqu'ils sont malades, qui tiennent leur maison, ils leur marchent dessus. Absolument. Il y a longtemps que vous le savez et que votre mère vous le répète. Et ce déjeuner d'affaires? Mensonge, évidemment.

Rien. Il a oublié l'anniversaire. Il ne vous aime plus. Du reste il ne vous a jamais aimée. Dix ans de votre jeunesse consacrés à cette brute ignoble. Mais cette fois c'est fini. Vous retournez chez votre mère. Avec vos enfants. Pauvres petits. Vous allez divorcer... Ah! si vous aviez épousé Stanislas, vous n'en seriez pas là. Et cette cravate avec chaussettes assorties de chez Dior? Eh bien! vous allez les donner à Stanislas. Tout cela est affreux. Vous êtes trop malheureuse.

Le voilà. Il rentre, les bras pleins de paquets. Il a l'air embêté. Il est en retard parce qu'Il a couru partout pour vous acheter des cadeaux et du caviar, lui aussi. Vous éclatez en sanglots (le maquillage russe en prend un vieux coup). Il n'avait donc pas oublié, après tout. « Tu es folle, dit-il, comment veux-tu que j'oublie une date pareille ? » Il ne vous dit pas que, successivement dans la journée, sa mère, votre mère, vos amies, vos enfants et la femme de ménage lui ont téléphoné pour la lui rappeler.

Qu'importe. Vous êtes ivre de bonheur. Il vous embrasse tendrement : « Je t'aime, dit-il, mais lave-toi la figure et enlève ce rideau dans lequel tu es enroulée... »

Et vous voilà repartie pour dix autres années avec ce monstre bien-aimé...

LES VACANCES

SEULE AUX SPORTS D'HIVER

Des amis vous ont assuré que rien n'était plus sain pour l'organisme et exaltant pour l'esprit, que les sports d'hiver. L'Homme vous a juré qu'une bonne semaine de vacances en montagne, seule, sans enfants, vous rendrait votre teint de jeune fille. Vous décidez de partir dix jours, avec un groupe, les Skieurs Souriants, pour 3 500 francs, tout compris.

Quinze jours avant

Vous dépensez déjà une fois 3 500 francs en équipements divers. Vous n'avez pas pu résister à l'achat d'un fuseau rouge si moulant, si moulant que vous vivez dans la terreur que les coutures n'éclatent. On vous a dit que des collants en soie noire étaient indispensables pour ne pas avoir froid. C'est chaud mais c'est cher (prononcez six fois de suite très vite).

Le vendredi

Vous avez rendez-vous à la gare avec votre groupe, les Skieurs Souriants, au pied de la tour de l'horloge, une heure avant le départ du train. On doit se reconnaître entre compagnons de voyage à de petits bonnets de laine bleue à pompon. À l'heure dite, personne n'est là, sauf vous. Enfin, vous voyez apparaître un vieux monsieur dans un accoutrement bizarre : chapeau tyrolien à médailles, justaucorps fourré et sac au dos. Sa femme est en chevrier. Vous comprenez vite : 1° que tous vos compagnons se connaissent entre eux et vous ignorent ; 2° que vous êtes la seule à porter ce ridicule petit bonnet bleu à pompon.

Il y a foule dans la gare. Une foule hérissée de skis. Vous voyez même passer un employé de la S.N.C.F. avec une paire sur l'épaule. Probablement la contagion. Le chef des Skieurs Souriants, barbe en bataille, compte ses poussins. Il en manque un. Quelqu'un crie : « C'est Pauline ! » On monte quand même à l'assaut du train. Combat féroce autour des places.

Arrivée de Pauline, galopant en tête d'un peloton de retardataires (d'autres groupes). Elle saute sur le marchepied. Malheur, ses skis se coincent en travers de la porte. On dégage skis et Pauline. Le tout s'abat sur vous.

Le samedi

Vous vous réveillez courbatue, secouée de frissons glacés. Le train roule dans un paysage détrempé par la pluie. Pas la moindre trace de neige.

Arrivée dans la station. Il y a de la neige. Mais pas de soleil. Le débarquement du groupe, les Skieurs Souriants, dans l'hôtel donne lieu à des scènes dignes du *Radeau de la Méduse*. Vous n'avez, vous, ni balcon, ni salle de bains, ni téléphone. Juste une chambre mansardée « provisoire ». Vous y resterez jusqu'à votre départ.

Dimanche

Alors que vous comptiez faire la grasse matinée, des fous secouent votre porte en glapissant : « Allez, hop ! en piste. » On vous entraîne, les yeux mal ouverts, louer des skis.

Vous passez de longs moments stoïques, sur une patte, comme un héron. Vous vous apercevez alors : 1° que vos énormes souliers vous font un mal atroce ; 2° que vous avez oublié vos ravissants bottillons fourrés à Paris. Vous aurez le choix, pendant dix jours, entre des pieds torturés ou des pieds trempés. Parce que la *neige mouille*. Elle glisse aussi. Vous découvrez que la station verticale n'est pas naturelle à une femme montée sur skis. Vous trouvez également que *la neige est dure*, après avoir dévalé sur le dos, en une minute, une pente que vous aviez gravie à quatre pattes en une heure. Des sadiques vous obligent à essayer le remonte-pente. Après avoir fait la queue une demi-heure, vous êtes arrachée vers le ciel comme une grenouille désarticulée.

Lundi

Vous décidez de prendre des leçons de ski. On vous glisse dans une classe de tout-petits de cinq ans, qui se débrouillent dix fois mieux que vous.

Mardi

Deuxième leçon de ski. Vous passez votre temps assise dans la neige sur un postérieur douloureux. Pour vous consoler, le moniteur vous invite à une fondue monstre, le soir. Vous acceptez avec exaltation.

Votre joli pantalon de velours noir est recouvert du fromage que vous n'avez pu amener jusqu'à votre bouche. Le moniteur, que vous aviez trouvé si beau, vous paraît ridicule avec un affreux petit bandeau rouge sur les oreilles.

Mercredi

Troisième leçon de ski : vous vous tordez légèrement la cheville. Vous prenez alors le parti énergique d'abandonner ce sport et de vous consacrer au repos. Au déjeuner, vous annoncez votre décision à la ronde. Un fossé se creuse immédiatement entre vous et les Skieurs Souriants. Votre cheville enfle. Après le déjeuner, vous allez vous coucher avec un roman policier et vous attendez le goûter. Après le goûter, deuxième roman policier et vous attendez le dîner. Vous en profitez pour aller téléphoner aux enfants. Ils n'ont absolument pas l'air de souffrir de votre absence. Tout se passe épatamment bien à la maison. Curieusement, cela vous agace.

Jeudi

Les Skieurs Souriants partent bruyamment à l'aube pour une excursion de la journée. Vous

vous retrouvez seule dans une salle à manger lugubre. Par économie, la direction de l'hôtel a fait baisser le chauffage.

Vendredi

Septième roman policier. Vous glissez dans une hébétude complète. Dans un sursaut, vous décidez de vous offrir une promenade en traîneau. Un traîneau de légende avec de petits chevaux à clochettes et plumets et un vieux cocher à moustache et bonnet de fourrure. Dans vos rêves d'adolescente, vous vous étiez souvent imaginée, enveloppée dans une couverture de fourrure, glissant sur la plaine silencieuse et blanche, tandis qu'un soupirant passionné vous embrasserait les mains et menacerait de se suicider à la roulette russe si vous vous refusiez à lui. Vous vous retrouvez ballottée comme un sac de farine au grand galop des chevaux lancés sur un sentier, où quatre centimètres de neige recouvrent à peine d'énormes cailloux. Vous revenez à l'hôtel brisée de courbatures, couverte de bleus, et dégoûtée du traîneau.

Samedi

Une soirée costumée est annoncée pour le soir. Il semble que tous vos compagnons l'avaient prévue et amené de Paris de splendides déguisements. Vous, après avoir essayé sans succès de trouver du papier crépon dans les deux épiceries de l'endroit, vous décidez de vous déguiser en femme musulmane intégriste. Vous passez des heures à coudre ensemble vos draps et à vous entortiller la tête dans une serviette de toilette blanche nids-d'abeilles en guise de voile.

Vous descendez théâtralement l'escalier de l'hôtel. Absolument personne ne vous remarque. Tous les yeux sont fixés sur Pauline qui est en danseuse nue. Vous crevez de chaleur sous votre *haïk,* et votre *hijab.* Quand vous remonterez dans votre chambre, vous ne retrouverez plus vos ciseaux et il vous sera impossible de découdre vos draps. Vous passerez votre dernière nuit en montagne enroulée dans vos couvertures.

Dimanche

Départ. Note. Vos thés ont multiplié par trois le prix de la pension. Mais vous vous y attendiez.

Retour à Paris

Vous ne parlez à votre petite famille que slaloms, christianias, champion, chamois, piste rouge et piste verte. Ils vous écoutent avec de grands yeux stupéfaits et admiratifs. Ils sont même d'accord : votre (très léger) hâle et vos quatre kilos supplémentaires vous vont à ravir. Aussi, le soir, tendrement blottie dans les bras de l'Homme, décrétez-vous que rien n'est plus merveilleux que les sports d'hiver. Après.

QUAND VOUS N'ÊTES PAS LÀ...

Ma petite maman chérie,

Tu es partie depuis deux jours mais il s'est passé bien des choses pendant ce temps-là à la maison.

D'abord, dimanche, papa a été flâner aux Puces. Tu n'imagineras jamais ce qu'il en a rapporté. Deux vieilles armures rouillées du Moyen Âge. Elles ne plaisent pas du tout à Rose qui a dit que c'était honteux d'acheter des armures du Moyen Âge alors qu'on n'avait pas assez d'argent à la maison pour lui offrir un aspirateur neuf. Mais papa lui a répondu qu'il était difficile de décorer un salon avec un aspirateur. Pan!

Ensuite papa a déclaré qu'il allait repeindre le salon en rouge et noir. Il a ajouté qu'il voulait se dépêcher pour que tout soit prêt pour ton retour. En effet, il allait tellement vite que, dès qu'on ouvrait une porte, on le trouvait derrière avec le pinceau à la main. C'est comme cela que j'ai attrapé plein de peinture rouge sur mon pull et que grand-mère en a reçu sur son Burberrys neuf. Cela l'a exaspérée et elle s'est disputée avec papa. Papa l'a traitée de vieille pie et elle est partie en disant qu'elle ne remettrait jamais les pieds à la maison quand papa y serait. Bon. Mais le pire, cela a été hier, lundi.

D'abord, le matin, Philippe a été au parc avec sa bicyclette, bien que cela soit défendu. Il a à moitié renversé une vieille dame qui s'est retrouvée assise sur son guidon. Elle était absolument furieuse et elle s'est plainte au garde du parc qui s'est mis à courir derrière Philippe jusqu'à la maison. Et il a affirmé à M. Rastot, le concierge, qu'on emmènerait Philippe à la police et en prison la prochaine fois qu'il irait au parc.

Là-dessus, les plantes sont arrivées. Voilà, c'est un secret, et tu ne diras à personne que je te l'ai révélé. Croix de bois, croix de fer, hein... Mais je pense de mon devoir de te prévenir en douce. Papa avait décidé de te faire une surprise pour ton retour. Il voulait faire un jardin sur le balcon. Alors, il a commandé à un fleuriste des tas de pots de fleurs, huit arbres immenses, des bacs, des graines, des sacs de terre. Il y en avait plein un camion. Mais quand les hommes du camion ont voulu monter tout cela par l'ascenseur, M. Rastot est sorti de sa loge en criant qu'ils devaient prendre l'escalier de service à cause de la saleté. Alors les hommes ont dit : « Et puis quoi encore... vieil enfoiré ? » Parce que tu comprends, c'était terriblement lourd (au moins mille kilos, je pense). Les hommes ont ajouté que la France, c'était une « débocratie » et qu'en « débocratie », tout le monde avait le droit de se servir de l'ascenseur. Alors M. Rastot s'est mis à rugir que « débocratie » ou pas, c'était son ascenseur et que personne ne monterait dans son ascenseur s'il n'était pas d'accord. Il braillait si fort que tous les voisins se sont mis aux fenêtres et que M. Tom, le pharmacien, et M. Raymond, le boucher, sont sortis de leur magasin. Alors les hommes du camion ont mis de force les arbres dans l'ascenseur et ils ont voulu monter quand même. Et maman, tu ne sais pas ce qu'a fait M. Rastot ? Eh bien, maman ! M. Rastot a coupé le courant et l'ascenseur est resté en panne. Alors les hommes se sont mis à pousser des jurons affreux et à gigoter dans l'ascenseur. Ils sont sortis en passant par-dessus les grilles. Et ils ont annoncé qu'ils allaient tuer M. Rastot. Mais celui-ci s'était enfermé à clef dans sa loge. Vite, M. Tom est parti chercher les agents. Pendant ce temps-là, les voitures klaxonnaient dans la rue parce que le camion bouchait le passage. Finalement les hommes du camion ont posé tous les pots, les arbres, les fleurs, les bacs, les sacs, etc., dans la cour et ils sont partis en disant qu'ils ne reviendraient jamais dans un endroit pareil.

Alors, Rose a éclaté en sanglots. Elle a dit qu'elle avait honte de toute cette exhibition, qu'elle n'oserait plus jamais retourner chez les commerçants du quartier, et qu'elle s'en irait dès que tu reviendrais. Quand papa est rentré du bureau, il s'est mis dans une colère folle. Il est allé voir M. Rastot. Ils se sont disputés. M. Rastot a dit que nous étions des voyous et papa l'a traité de... (j'aime mieux pas te le répéter). Et tout le monde est ressorti aux fenêtres pour écouter. Ce qui a été terrible, c'est que M. Rastot n'a pas redonné l'ascenseur et que papa a dû TOUT monter «dans ses bras». On a cru qu'il n'y arriverait jamais. Il a dit que la prochaine fois qu'il voudrait te faire une surprise, il t'offrirait du parfum, comme d'habitude. Cela lui causait moins d'ennuis. Nous, pour se venger, on a organisé des représailles. D'abord, on a arrosé en grand les fleurs (il y en a une partie de fanées, je te préviens) et l'eau a coulé dans toute la rue. Ensuite Philippe a fait un écriteau «À bas le concierge» qu'on va clouer dans l'ascenseur. Moi, j'ai acheté une bombe de peinture rouge (sur ton compte chez le droguiste) et je vais tagger «Mort à Rastot» dans tout le quartier. On verra ce qu'on verra. Si tu lis dans le journal que je suis moi aussi en prison, tu sauras pourquoi. Mais, ce matin, papa s'est réveillé malade. Il ne pouvait plus se lever. Alors le docteur est venu et il a dit qu'il avait des vertèbres déplacées. À cause des pots qui étaient trop lourds. Et qu'il devait entrer à l'hôpital pour un scanner.

Alors, ça suffit, moi, je crois que tu dois revenir tout de suite. Je t'embrasse.

Ta fille,

Marguerite.

VACANCES EN FAMILLE :
DÉPART AVEC LES ENFANTS

Votre mari, par une manœuvre dont vous n'êtes pas dupe, s'arrange pour être obligé de travailler au bureau justement le samedi où les enfants doivent partir en vacances chez vos parents en Normandie. Vous les conduirez donc toute seule, en voiture. Pendant que vous y êtes, vous offrez d'emmener aussi votre petit neveu, Jean.

Départ

Vous réussissez à faire tenir tous les bagages dans le coffre, vous videz les cendriers, vous tirez au sort les places respectives des enfants, vous démarrez dans l'allégresse générale.

Au bout de la rue

Un hurlement sauvage vous fait sauter en l'air. Vous freinez pile, à la fureur d'un camionneur qui vous suivait et qui vous traite de « pétasse ». Ce n'était que *Dirty Diana* chanté par

Michael Jackson : le petit Jean avait brusquement ouvert la radio en grand. Vous aviez oublié combien le tripotage des boutons de la radio est une occupation exaltante pour des petits doigts. Ceux du chauffage aussi. Vous recevez brusquement un vent d'air glacé dans la figure puis le sirocco sur vos pieds qui gonflent. Vous n'arrivez pas à fermer le chauffage d'une main tout en conduisant de l'autre. Vous arriverez sûrement à destination avec un début de pneumonie.

Porte de Saint-Cloud

Le petit Jean veut absolument conduire. Il prétend que son papa le lui permet. Vous vous efforcez de le repousser avec votre coude, mais il remonte à l'assaut du volant avec l'acharnement d'un jeune chiot. À l'arrière, votre fille Marguerite s'est plongée dans une BD que son frère Philippe s'efforce de faire sauter en l'air avec son genou.

Marguerite (*criant :*) « Maman, Philippe m'ennuie ! »

Vous (*criant à votre tour :*) « Philippe, laisse ta sœur tranquille et change de place avec Jean. »

L'ascension puis la redescente du dossier de la banquette, assaisonnées de pinçons, de coups de pied traîtres et d'empoignades de chevelures, est un jeu merveilleux qui absorbe tout votre petit monde pendant de longues et délicieuses minutes. Vous surveillez le déroulement des opérations, regardant alternativement à toute vitesse route et intérieur de la voiture. Vous en avez le tournis. Le grouillement des jambes, bras et têtes est tel que des motards inquiets vous suivent pendant quelques kilomètres.

Bison Futé vous conseille de quitter l'autoroute pour cause de bouchons de mères de famille transportant leurs enfants en vacances.

Mantes

Vos anges ont faim. Vous leur livrez le sac du goûter. En un clin d'œil la voiture est pleine de bouts de Choco B.N. mâchonnés, de bonbons à moitié sucés, de plaquettes de chocolat entamées, et même de cornets de crème glacée (mais d'où diable viennent-ils?)

Côte de Rolleboise

Vous la grimpez en première, derrière un camion. Il existe des côtes où, quelle que soit l'heure ou la saison où vous y passez, se traîne un trente tonnes qui vous bouche le passage et vous enveloppe de fumée noire. À ce moment retentit le cri : «Pipi!» Vous l'auriez parié. C'est toujours à l'instant précis où vous ne pouvez absolument pas stopper que les enfants réclament un arrêt, se trémoussant avec une énergie désespérée pour bien vous faire comprendre que c'est urgent. Il vous semble que vous n'atteindrez ja-

mais le sommet de la colline en temps voulu. Si!
Voilà! Vite! Vous ouvrez les portières en catastrophe. Et vous maudissez votre belle-sœur pour
l'extrême complication des bretelles de la salo-
pette dont elle a vêtu son fils. Au moment de repartir, vos enfants s'enfuient de-ci de-là et vous
devez les courser comme des poulets pour les attraper au vol et les enfourner dans la voiture.

Bonnières

Au prix d'une gymnastique invraisemblable, le
petit Jean a réussi à se coincer entre la banquette et la vitre arrière. Vous le raconteriez au
constructeur de la voiture qu'il ne le croirait
pas. Vous jappez à votre fille de le dégager de là.
Suit une bataille générale que vous ne réussissez à arrêter qu'en aboyant de plus belle. Si cela
continue, vous allez abandonner toute la troupe
sur la route. Et votre R5 aussi. Vous continuerez
en stop, seule et libre.

Pacy-sur-Eure

Ne perdant pas de vue qu'une mère doit for-
mer l'esprit de ses enfants, vous vous efforcez
d'intéresser les vôtres au paysage. C'est merveille alors de constater à quel point leurs
jeunes esprits sont passionnés par des questions
auxquelles vous ne pouvez pas répondre : « Quel
est le nom latin de ce moineau ? » ou : « Quel âge

a cette maison ? » Vous battez en retraite et décidez qu'on va chanter en chœur. Vous entonnez : « Il était un petit navire... » On vous suit du bout des lèvres. Quand vous avez fini de vous égosiller, on se met à tonitruer : *Putain qu'elle est belle...* et *Kama-sutra...* Vous découvrez alors que vos enfants connaissent par cœur un nombre prodigieux de chansons qui ne sont absolument pas pour eux. Vos comptines n'obtiennent aucun succès. Sauf *Jeanneton prend sa faucille* où le passage « Le second qui la regarde lui soulève son blanc jupon » provoque des gloussements enchantés.

Évreux

Les chanteurs à bout de forces se sont tus, vous y compris. Vous soupçonnez les deux garçons actuellement ensemble à l'arrière (vous avez complètement abandonné l'idée de contrôler qui est où) de crayonner au stylo à bille sur les coussins. Exact. Mais bon sang, d'où sort ce crayon à bille ? Vous les aviez pourtant fouillés tous au départ...

La Rivière-Thibouville

Pour la soixantième fois, une petite voix plaintive vous demande « si on va bientôt arriver ». Variante : « C'est loin, encore ? » Vous avez épuisé toutes les chansons – même celles de

Gainsbourg –, toutes les charades, tous les biscuits. À bout de ressources, vous suggérez de compter le nombre de voitures par marque et par couleur. Rugissements d'enthousiasme. Malheureusement, au bout de quelques instants, ce petit jeu inoffensif se transforme en grimaces horribles à l'adresse des autres automobilistes qui vous regardent avec indignation. Sauf, naturellement, lorsqu'il s'agit de mères transportant elles-mêmes leurs enfants. Vous vous faites même doubler par une conductrice qui a posé un grillage entre ses petits chéris et elle.

Lisieux

Vous avez de plus en plus l'impression de convoyer une troupe de singes déchaînés. Malgré vos supplications enrouées, ils n'arrêtent pas de monter et de descendre les vitres, d'agiter leurs bras à l'extérieur, de rebondir sur la banquette. Vous traversez Lisieux, le toit ouvert, et vos enfants saluant la foule, bras levés, en délire. Mais cela vous est égal. Vous n'avez qu'une seule idée en tête : arriver, arriver.

Pont-L'Évêque

La famille sort pour vous accueillir sur le seuil de la maison. Vous vous étonnez que votre propre mère vous reconnaisse. Vous aviez l'impression, à force d'avoir tourné la tête comme une girouette folle et d'avoir braillé, d'être devenue un Picasso : yeux sur la nuque, bouche de côté.

Cette nuit, vous rêverez d'enfants piqués au penthotal et transportés dans des boîtes, bâillonnés, pieds et poings liés. Un rêve délicieux...

VACANCES EN FAMILLE :
LE WEEK-END CHEZ LES BEAUX-PARENTS

Ayant réussi à confier vos enfants à vos beaux-parents pendant un mois de grandes vacances, vous allez les rejoindre pour le week-end, en Bretagne.

Vendredi soir

Lorsque vous arrivez, dans la nuit, toute votre belle-famille vous fait fête. Y compris les enfants qui en ont profité pour ne pas se coucher. Cette tendre atmosphère vous met les larmes aux yeux. La famille, il n'y a que ça de vrai ! Le temps est superbe, paraît-il.

Samedi

Un formidable bruit d'eau vous éveille en sursaut. Ce n'est pas un geyser qui a jailli à la tête de votre lit, mais le lavabo de la salle de bains, de l'autre côté de la cloison. Vous ouvrez les volets : le ciel est gris sombre, la température glaciale. Les enfants envahissent votre chambre en proclamant qu'ils veulent aller à la plage.

Petit déjeuner en famille. Mais vous êtes descendue trop tard pour le café chaud et le pain grillé. Votre belle-mère demande à la cantonade quelle est la bonne âme qui se dévouera aujourd'hui pour faire le marché. Vous comprenez immédiatement que c'est vous. Vous vous apercevez avec ravissement que l'on vous a attendue, vous et « votre voiture qui ne craint rien », pour transporter les bouteilles de Butagaz de secours, les pommes de terre de toute la saison et la réserve de bois pour l'automne.

À table, chaque mère veille jalousement à ce que ses rejetons soient aussi bien servis que les petits cousins. Il vous apparaît brutalement que tout votre travail d'éducation maternelle s'est effondré en quelques jours. Vos enfants mangent mal, se lancent des coups de pied et ricanent lorsque vous leur faites une observation. « Bah ! ce sont les vacances, il faut être très indulgent », proclame démagogiquement votre belle-sœur Odile. Vous vous retenez à grand-peine de lui dire qu'elle se mêle de ce qui la regarde.

Le drame de la sieste éclate. « Quand tu n'es pas là, on nous permet de ne pas la faire ! » glapit votre fille, hargneuse. Vous tenez bon. Les yeux de tous les enfants vous font comprendre que vous êtes une marâtre. Ils sortent en claquant les portes. Votre mari réclame alors des partenaires pour faire un bridge. Votre belle-mère, une volontaire pour arracher les mauvaises herbes du jardin. À votre grande stupeur, vous vous entendez vous proposer pour ce travail. Avant que vous ayez pu dire ouf, vous voilà courbée sur les plates-bandes dont vous n'aviez jamais remarqué qu'elles étaient si basses.

Des courbatures dans le dos vous décident à suspendre vos travaux de jardinage. Vous rentrez au salon. Pas un bridgeur ne fait attention à vous. Vous allez traîner dans le fond du potager. À travers une haie, vous entendez les enfants rédiger une lettre d'avertissement : « Les parents qui obligeront leurs enfants à faire la sieste seront cruellement punis par la Main Noire. »

Sitôt le dîner terminé, les bridgeurs se remettent à leurs cartes avec un air résolu et sinistre. Votre proposition d'aller faire un tour au casino tombe à plat. Vous profiterez de votre soirée pour laver la tonne de linge que vos enfants ont réussi à salir en une semaine. Vos beaux-parents n'ont pas de machine à laver. Ils attendent patiemment que vous leur en offriez une pour la Fête des Mères. Vous courez aussi dans les couloirs après les rebelles qui refusent de rester dans leur lit et galopent d'une chambre à l'autre pour transmettre les consignes de la Main Noire.

Dimanche

Le ciel est toujours gris. Vos courbatures vous ont empêchée de dormir. Au moment de faire votre toilette, vous découvrez qu'un bataillon de petits charbonniers (?) a utilisé vos serviettes : vous aviez oublié de les cacher dans votre commode.

Profitant d'un rayon de soleil et dans un grand élan de sacrifice, vous emmenez, après la messe, tous les enfants au bord de la mer. La marée est basse. On ne voit même pas la mer à l'horizon. Votre neveu Arnaud s'enfuie immédiatement à l'autre bout de la plage. Philippe poursuit la petite Sophie dans le but évident de l'assommer avec sa pelle. Un tout-petit piaule désespérément : il veut sa mère. Un autre essaie de se noyer dans une flaque. Le jeune Patrick refuse de mettre son maillot. Un bambin inconnu vous réclame son pot. Quant à votre fille, elle jette du sable dans les yeux de son cousin Christophe en braillant : « Mon papa et ma maman disent que ton papa et ta maman sont des imbéciles ! » La mer est glacée quand vous la rejoignez après une marche forcée.

Le temps de rassembler la marmaille, de faire l'appel des chandails, des shorts, des maillots, des ballons, des sacs, des bouées, des pelles, etc., de remettre toutes les sandalettes, vous arrivez en retard pour le déjeuner. Vous trouvez une famille plongée dans un silence consterné et affamé. Seuls les bridgeurs ne se sont aperçus de rien. Et votre belle-sœur Agnès est radieuse : elle a mangé la moitié des crêpes du dessert.

Vous vous asseyez dans le jardin afin de bien profiter d'un moment de paix. Votre belle-sœur Odile vient s'asseoir à côté de vous. Elle veut vous parler « dans votre intérêt et dans celui de vos enfants ». Elle vous révèle alors que votre fille est une affreuse petite menteuse et votre fils un exhibitionniste. À son avis, vous devriez les emmener d'urgence chez un psychiatre.

Votre mari refuse d'aller faire un tour dehors. «Il va se remettre à pleuvoir», assure-t-il sans quitter ses cartes des yeux. Les enfants hurlent qu'ils veulent retourner à la plage. Les parents hurlent que les enfants doivent cesser de hurler. Vous montez repasser le linge de votre petite famille.

Votre mari, au bord du grand chelem, décide de ne rentrer à Paris que le lendemain à l'aube. On vous charge alors d'une foule de commissions : remettre un bouquet de fleurs à une vieille tante, porter une livre de beurre salé au mari d'Odile, acheter un certain pull-over dans un certain magasin pour le jeune Patrick, rapporter le maillot oublié par un ami du petit Arnaud, déposer une lettre à telle adresse (très certainement la Poste n'existe plus).

Lundi

Lorsque le réveil sonne, votre mari pousse une clameur de détresse. Vous le levez, vous l'habillez de force, vous l'asseyez dans la voiture, vous chargez tous les paquets (fleurs, beurre salé, lettres, maillots, valises), vous vous mettez au volant et vous démarrez. Lorsque vous arrivez en vue de la tour Eiffel, votre mari ouvre les yeux, s'étire et dit : « Ah ! passer un week-end en famille, au bord de la mer, rien de plus merveilleux ! »

C'est vrai. Sinon, pourquoi y retournerait-on ?

PARIS - SAINT-TROPEZ

Rien n'est meilleur pour l'harmonie d'un couple que de prendre de temps en temps des petites vacances en tête à tête, sans les enfants. Tous vos chers magazines féminins l'affirment. Vous décidez donc avec l'Homme de passer quelques jours à Saint-Tropez, tous les deux, vos petits monstres chéris ayant été au préalable mis en sûreté dans une famille anglaise. Vous espérez que le flegme britannique n'est pas une légende...

Pour ne pas perdre une seule minute de cette précieuse deuxième lune de miel, il est prévu que vous partirez le deuxième vendredi soir de juillet, immédiatement après la sortie du bureau.

Cependant, le temps de descendre tous les paquets, de cacher votre bague de fiançailles sous votre matelas, de signaler votre absence au concierge, et de remonter fermer le gaz, il est 8 heures lorsque vous prenez la route. Au même moment que 750 000 autres automobilistes. Chacun décidé à arriver le premier à Saint-Tropez.

À la radio de bord de la 405 de l'Homme, Bison Futé vous annonce que l'autoroute du Soleil

A6 est bouchée. Et vous conseille un itinéraire de petites routes. Vous suivez les recommandations de Bison Futé, ainsi que les 750 000 autres automobilistes parisiens.

Votre mari a déjà doublé un flot de caravanes belges, d'énormes camions bulgares (qu'est-ce qu'ils font là ?), des Peugeots, des Citroëns, des Renaults, etc., etc. Et une petite Austin dont les occupants ont l'air furieux. Il a été doublé lui-même par un autre flot de voitures plus puissantes qui vous frôlent à 160 à l'heure. Ce qui vous terrifie et exaspère l'Homme. « Les limitations de vitesse, c'est pour les chiens ? » Vous essayez de le calmer en lui faisant remarquer que vous n'avez encore écrasé aucun touriste hollandais qui pique-nique paisiblement sur le bord de la route, dans le bruit et l'odeur d'essence. Ni renversé un de ces motards du diable qui surgissent brusquement au ras de votre capot.

Vous avez faim. Mais l'Homme veut surtout dévorer du kilomètre.

Enfin, arrêt-restaurant. Malheureusement, le chef vient de partir. Vous mangez un sandwich au pâté dans un routier et vous regrettez en douce le self-service de l'autoroute.

214

Vous réussissez à persuader l'Homme qu'il est temps de dormir. Le premier hôtel est fermé. Vous avez beau hululer comme une chouette et secouer la porte jusqu'à ce que tous les chiens de la ville aboient et que les voisins ouvrent leurs volets, aucun veilleur de nuit n'apparaît. Dans le second hôtel, il n'y a plus de place. Dans le troisième non plus. Reste le palace de l'endroit. L'Homme s'y résigne en gémissant (à cause des économies). Vous avez le choix entre une chambre à quatre lits et salle de bains, une chambre à un lit sans fenêtre et une chambre sans lit mais avec douche.

Samedi

Les hôtels (pas encore informatisés : un autre cauchemar) ont trois méthodes pour réveiller leurs clients sans en avoir l'air. Ce qui leur permet de voir partir une fournée dès potron-minet et de faire le ménage tranquillement. 1° le téléphone. «Allô, vous avez demandé le réveil? – Mais je n'ai jamais demandé le réveil! – Ah, pardon...» Bang. Le tour est joué. On peut ainsi faire lever quelques bonnes dizaines de clients en une demi-heure. 2° la lumière. Il n'y a pas de volets aux fenêtres. Les premières lueurs du jour vous invitent gaiement à reprendre la route. Il fallait y penser.

3° le bruit. Si l'hôtel n'a pas la chance d'être sur une nationale ou une autoroute où passent des poids lourds, il pallie cet inconvénient par des cloisons extrêmement minces. On entend ainsi, malgré soi, des voisins s'accuser mutuellement d'avoir oublié la pâte dentifrice, les enfants courir joyeusement dans les couloirs et les femmes de chambre discuter balais à tue-tête. Sans parler de toutes les télés où les animateurs de l'aube vous informent en hurlant des catastrophes de la nuit.

Une discussion s'engage entre l'Homme et vous pour savoir qui fera sa toilette le premier. C'est vous. Parce que vous êtes la plus courageuse. Et aussi parce que vous avez faim. Or, la femme de chambre a déposé le plateau du petit déjeuner sur une commode hors de votre portée. Afin d'éviter que vous preniez votre café au lait au lit et que vous fassiez des taches sur les draps. Après vous, il ne reste plus d'eau chaude. Quelques croassements de l'Homme vous l'apprennent. Il ne reste pas non plus, paraît-il, un centimètre carré de serviette sèche. Ce n'est tout de même pas votre faute si la taille des serviettes-éponges d'hôtel n'atteint pas celle d'un mouchoir de poche ?

Départ. Votre travail consiste désormais :
– À surveiller d'un œil la jauge d'essence sans plomb et de l'autre les postes distributeurs. De

216

plus, la station-service doit être libre de toute file d'attente et le pompiste d'aspect agréable – s'il y a un pompiste. Car, de plus en plus, le client doit se servir lui-même. Vous détestez. Heureusement, c'est l'Homme qui remplit fièrement cette corvée et se rassied au volant, les mocassins, le pantalon et les mains trempés d'essence. Et ayant oublié le bouchon du réservoir sur le toit de la voiture. Il faut en racheter un autre à la prochaine station. Si la voiture tombe en panne d'essence, c'est votre faute. Vous pousserez.

– À crier « gendarme » dès que vous en apercevez un à l'horizon. L'Homme freine alors brutalement – au point que votre nez s'arrête à cinq centimètres du pare-brise – et passe à dix à l'heure devant le représentant de la loi. En bouclant précipitamment sa ceinture de sécurité. Vous avez renoncé à lancer au représentant de la Maréchaussée des sourires hypocrites. De déplaisantes expériences vous ont enseigné que cela excite plutôt sa méfiance.

– À faire stopper la voiture devant un bosquet où vous pourrez vous isoler quelques instants. Le bosquet idéal ne doit être ni dans une côte (l'Homme ne s'arrête pas dans les côtes), ni dans un virage (l'Homme ne s'arrête pas dans les virages), ni dans une descente (l'Homme ne s'arrête pas dans les descentes). Il peut arriver que vous aperceviez enfin un maigre petit buisson qui, à la rigueur, pourrait vous convenir, et qui n'est pas, ô miracle, occupé par dix autres infortunées. L'Homme passe alors devant à 100 à l'heure. Et refuse de revenir en arrière. Il faut avoir recours aux pires menaces.

– À calmer la colère de votre mari à qui l'Austin de la veille vient de faire une queue de poisson et dont la femme du conducteur vous adresse un bras d'honneur au passage.

Vous consultez cartes et guides pour savoir à quel restaurant vous allez vous arrêter. Trois solutions :

1° Déjeuner avant tout le monde. Ce dont vous n'avez pas envie.

2° Déjeuner après tout le monde. Le chef sera encore parti et vous n'aurez que de la viande froide de la veille.

3° Déjeuner en même temps que tout le monde. Ce que vous faites.

Malheureusement, le maître d'hôtel débordé feint de ne pas vous voir. Quand il s'avisera de votre présence, vous n'aurez ni pain (fini) ni beurre (fini) ni plat du jour (fini) ni tarte aux fraises (finie). L'addition est un rude coup pour les économies.

À votre grande satisfaction, vous redépassez l'Austin du matin. Comme vous avez, en principe, reçu une bonne éducation, vous vous contentez d'adresser aux passagers des grimaces en tournant l'index le long de votre tempe ou en vous tapant le front avec votre main droite.

Vous arrivez à pénétrer dans Saint-Tropez bloqué par des embouteillages insensés. Ce n'est pas trop tôt. Vous allez pouvoir vous reposer et vivre quelques merveilleuses journées avec l'Homme. Loin des soucis quotidiens et du vacarme de vos rejetons.

750 000 autres Parisiens ont fait le même raisonnement que vous. Il ne reste plus une chambre de libre à 200 kilomètres à la ronde. Vous hésitez entre dormir dans la voiture sur le port, ou repartir immédiatement chez vous. À Paris.

Vous êtes sauvés du désastre par des amis qui vous recueillent dans une villa qu'ils ont louée dans l'arrière-pays pour les vacances de leurs enfants. Vous passerez votre deuxième lune de miel en compagnie de sept petits monstres qui ne sont même pas à vous. Seul avantage : vous saurez désormais que les vôtres ne sont pas si mal élevés que cela.

VACANCES D'AOÛT :
À BORD D'UN VOILIER BRETON

Vous passez le mois d'août, seule avec les enfants et une baby-sitter mauricienne, en Bretagne, dans une villa louée – très cher. Vos beaux-parents font la tête mais vous ne supportez plus votre belle-sœur Odile. Et ses remarques sur l'éducation de vos enfants. (Et les siens, alors ? Parlons-en...!)

N'étant malheureusement pas de ces créatures à la beauté saisissante dont les hommes s'encombrent à n'importe quel prix, vous avez dû intriguer longuement parmi les relations que vous vous êtes faites sur la plage pour être invitée à passer une journée à bord d'un voilier.

À l'aube, votre porte d'entrée est martelée par des poings impatients. « Vite, dépêchez-vous, sinon nous allons rater la marée. » Il vous apparaît alors que, malgré la chanson, les bateaux n'ont pas de jambes et ne peuvent pas sortir du port à sec. Vous partez au galop, mal réveillée, en vous demandant à quoi servent les marées sinon à embêter les vacanciers. (Marée basse signifiait déjà pour vous une heure de marche forcée sur la plage, en traînant vos enfants, leurs pelles, leurs seaux et leurs bouées, avant de trouver cinquante centimètres d'eau pour vous baigner à plat ventre.)

À bord du voilier, l'agitation est extrême. Vous trébuchez sur des cordages, des paquets de voiles, l'ancre de secours. On vous prie d'attacher le foc. Le quoi ? On vous le montre comme à une débile. Vous passez un temps fou, les mains tremblantes, à essayer de visser une *goupille* dans une *manille*. À moins que cela ne soit le contraire. Pendant ce temps-là, l'eau commence à baisser nettement dans le port. Vous passez sous silence vos phalanges écorchées et un ongle cassé. Tout semble paré. Le capitaine saisit la barre d'un air important et anxieux. Partis !

Malheureusement, être partis ne veut pas dire être sortis du port. Au bout d'une demi-heure, vous êtes toujours en train de *tirer des bords*, c'est-à-dire de zigzaguer dangereusement au milieu des yachts. Cela signifie qu'à chaque instant vous vous précipitez à quatre pattes de l'autre côté du bateau, pendant que la voile passe au-dessus de votre tête à une vitesse terrifiante. Vous vous consolez en pensant que ce soir vous aurez trois kilos de moins. Tant pis pour les courbatures. L'eau descend toujours inexorablement.

Hourra ! vous avez réussi à dépasser la jetée. Pleine mer. Une mer un peu agitée. Qu'importe. Vous êtes grisée par le vent, le soleil, l'eau, l'effort ! Le capitaine vous propose de tenir *l'écoute du foc.* Vous acceptez, éperdue de reconnaissance. Vous voilà assise sur le plat-bord, la partie fessue de votre individu en dehors du bateau, tenant fermement votre corde, pardon, votre écoute de foc, ou plutôt accrochée à elle. Le second vous explique patiemment que lorsqu'on vous hurle « *bordez* » vous devez tirer dessus mais la relâcher si l'on vous beugle « *lofez* ». Naturellement vous vous embrouillez dans un langage aussi peu chrétien. Pour la première fois de votre vie, vous vous entendez traiter de « bique parisienne ». De saisissement, vous lâchez tout. Le voilier manque de chavirer et l'équipage de se retrouver dans la grande bleue. Vous rampez vous cacher derrière le foc sous les injures.

Comme le voilier a embarqué de l'eau à la suite de vos manœuvres inconsidérées, on vous fait comprendre que c'est à vous d'écoper. Vous entreprenez donc avec une vieille casserole de faire repasser la mer de l'intérieur à l'extérieur de la coque. Cette humble occupation vous ravit. Vous avez l'impression exaltante d'être un vrai matelot et la modestie de la tâche convient à votre incapacité.

Néanmoins, c'est avec enthousiasme que vous accueillez l'annonce du déjeuner. Vous aviez une crampe dans le bras à force d'écoper. On déballe le pain, le beurre, le saucisson, le pâté, le vin rouge. Vous commencez à comprendre les joies de la navigation.

Dans l'après-midi, un affreux détail vous apparaît. Il n'y a pas à bord de petit endroit où faire pipi. Vous n'osez exprimer votre détresse. Les heures commencent à vous paraître longues, longues. D'autant plus que votre babil qui semblait passionner vos compagnons à terre ne les intéresse absolument plus en mer. Ils restent silencieux, les yeux fixés sur l'horizon. Vous vous distrayez en changeant de place, en pensée, les meubles de votre appartement. Vous en êtes à la cuisine quand le soir tombe. Votre subconscient est alors agacé par une impression bizarre. Les voiles font un drôle de bruit. Tout à coup, l'abominable vérité vous saute aux yeux : la mer est d'huile, il n'y a pas un souffle de vent, le bateau n'avance plus. L'horreur de la situation vous apparaît. Si vous n'avez pas de vent pour rentrer au port, vous risquez de rater la marée. Et d'être obligée d'attendre la suivante, de longues heures, au large, dans la situation inconfortable où vous êtes. Et vous allez faire pipi dans votre culotte, ça, c'est sûr ! La honte ! Toute la plage le saura et vous devrez rester le reste de vos vacances enfermée, volets clos, dans votre affreuse villa louée. Dans un sursaut de désespoir, vous demandez au capitaine *si on ne pourrait pas rentrer au moteur*. Il vous regarde avec dégoût. Il est clair que vous n'avez rien compris à la mer. Ému néanmoins par l'angoisse qui convulse vos traits, il décide de mettre son moteur auxiliaire en marche. Malheureusement, après avoir tiré 250 fois sur une ficelle comme s'il voulait l'arracher et s'être presque démis le bras, il n'obtient de son moteur que quelques brrrrttt brrrrttt ironiques. Alors, le capitaine perd son calme maritime et se met à proférer des injures dignes d'un automobiliste parisien le vendredi soir à 7 heures. Il saisit une rame et se met à godiller avec une énergie rageuse. Las! le bateau avance à peine. Heureusement (béni soit-il) un petit zéphyr se lève on ne sait d'où et balaie l'atmosphère de meurtre qui régnait à bord.

Vous êtes si contente en rentrant au port que vous entonnez à pleine voix l'air des *trompettes d'Aïda* et que vous faites des signes triomphants à vos enfants sur la jetée. Vous n'auriez pas dû. Vous auriez évité à ces pauvres petits le spectacle déshonorant de leur mère à plat ventre à l'avant d'un voilier, les bras désespérément tendus, essayant en vain d'attraper une bouée de mouillage...

VACANCES D'AOÛT :
L'HOMME SEUL À PARIS

Pendant que vous passez le mois d'août avec les enfants en Bretagne, votre mari est resté à Paris pour travailler. Quelques jours avant votre retour, il vous téléphone. L'expérience vous a appris à interpréter ses paroles.

Lui. – Je n'ai pas fait grand-chose... juste rencontré quelques vieux copains qui sont venus faire la bouffe à la maison...

Traduction : il ne reste plus une boîte de conserve ni un sac de maïs surgelé, ni un gramme de sucre chez vous. Par contre, votre cuisine est pleine d'un nombre extraordinaire de bouteilles vides. Vous retrouverez de la sauce tomate sur les murs et même au plafond. Les couteaux qui ont servi à ouvrir les boîtes de sardines sont devenus scies et les fourchettes de vrais tridents épointés... Le micro-ondes ne marche plus. Un commando de Japonais réparateurs ne trouvera jamais l'explication de la panne malgré des fax pressants à Tokyo.

Lui. – Mais ne t'inquiète pas... tout est propre.

La vaisselle (faite hâtivement deux heures avant votre retour, à la main – Dieu merci, l'Homme ne sait pas se servir de la machine –) sera toute poisseuse. Des débris d'assiette sont dissimulés derrière la baignoire. Il y a des spaghettis fermement attachés au fond de sept casseroles.

Lui. – Paul... tu sais, ce vieux Paul avec qui j'étais en classe... euh!... il a couché dans le salon pendant quelques jours parce qu'il avait perdu la clef de son appartement...

Votre salon ressemble désormais à une tanière de fauves. Vous retrouverez la trace de leurs pattes sur les fauteuils et leurs crinières auront déposé des traînées de gel, soi-disant non gras, sur votre canapé nettoyé à neuf deux mois auparavant. Ils ont joué avec vos cassettes vidéo (éparpillées dans tout l'appartement), l'horloge de votre magnéto-scope (Pourquoi? Mystère! Mais vous n'arri-verez jamais à la remettre à la bonne heure. Les Japonais réparateurs menaceront de se faire hara-kiri), les billes de votre fils (qu'il avait imprudemment oubliées dans sa chambre) et votre jeu de cartes (l'as de cœur est sous la moquette). Par contre, ils ont em-porté vos livres chez eux sous prétexte de les finir (adieu!...) et apporté deux chaises in-connues (affreuses, malheureusement).

Lui. – ... À propos, où est le marteau ? Je l'ai cherché partout...

Sauf dans la boîte à outils. Par contre, il a mis votre commode sens dessus dessous, persuadé que son marteau était sous vos petites culottes en dentelle.

Lui. – ... Il y a eu une petite inondation dans l'entrée qui a cloqué le plafond des voisins du dessous qui râlent... Quels emmerdeurs !

Comment ça, une inondation ? Il ne passe aucun tuyau d'eau dans votre entrée ! Vous aurez l'explication des années plus tard. Ce cher Paul, ce cher Georges et ce cher Jean y avaient installé et rempli d'eau une piscine gonflable. Tous les copains se sont amusés comme des fous à y barboter pendant des heures, un verre de whisky à la main. Jusqu'au jour où un de ces vieux gamins a crevé le caoutchouc avec son cigare. Les voisins du dessous ont reçu brutalement les chutes du Zambèze sur la tête. Et réclamé les experts des assurances qui se disputent encore sur l'origine de ce désastre.

Lui. – ... Tiens, j'ai reçu la note du téléphone...

Mais l'Homme ne l'a ni ouverte ni payée. De toute façon, elle est anodine à côté de la prochaine dont le montant vous coupera le souffle. Comme vous n'avez reçu, vous, qu'un coup de téléphone, le mystère restera entier. Vous ne saurez jamais qui a parlé avec Chicago pendant soixante-cinq minutes.

Lui. – J'ai porté le linge sale chez le blanchisseur...

Un camion de linge sale. Il a utilisé un pyjama, trois chemises blanches et six serviettes de bain par jour. Et toutes les nappes, et toutes les serviettes, et tous les torchons et toutes les taies. La blanchisseuse vous demandera à votre retour si vous avez ouvert un hôtel-restaurant pendant l'été.

Lui *(anxieux)*. – Tu n'as pas besoin d'argent ? J'ai prêté 1 000 francs à Georges...

Il a aussi prêté 500 francs à Nicolas qui lui en a rendu 100 et emprunté 250 à Pierre qui les avait demandés à Gaspard. On ne s'y retrouvera jamais. Le budget de la rentrée de septembre a pris un sérieux coup.

Lui. – Figure-toi que Jacques m'a téléphoné hier... Tu connais Jacques ?

Oui, vous connaissez. Vous le détestez même cordialement. Et l'Homme le sait si bien, qu'il profite, l'hypocrite, de ce que vous n'êtes pas là pour le voir.

Lui. – Donc, Jacques m'a téléphoné pour m'inviter à une soirée. Je n'avais vraiment aucune envie d'y aller...

Mais il y est allé. Il s'est même extrait de son lit et il s'est donné la peine de se rhabiller pour s'y précipiter, lui qui est toujours si fatigué le soir, d'habitude (et vous pas).

Lui. – Cette soirée n'avait du reste aucun intérêt...

Allons, il s'est quand même follement amusé avec ses vieux copains. Ils ont même décidé, pour fêter l'événement, de faire la tournée des boîtes de nuit. Conduite étrange si l'on songe qu'ils détestent tous les boîtes de nuit pendant les onze autres mois de l'année. Ils sont rentrés à 6 heures du matin ivres morts après avoir remonté les Champs-Élysées en criant : « Allah Akbar ! »...

Lui. – Ce soir je me couche en sortant du bureau...

Non, il ira au cinéma. Quand vous rentrerez, il aura vu tous les films, toutes les pièces au café-théâtre, et il ne voudra plus mettre les pieds au restaurant.

Lui. – Il y a un travail fou au bureau...

Heureusement, cela ne l'empêche ni de jouer au tennis tous les jours ni de se rafraîchir longuement au bar du Fouquet's, ni de traîner sur les quais, ni de bavarder interminablement avec Paul ou Pierre. Comment faire autrement? Paris, au mois d'août, est plein d'amis qu'il n'a pas vus depuis son service militaire.

Lui. – Ma chérie, j'espère que tu es sage...

Il n'envisage pas une seconde le contraire. Il a raison. Mais vous aimeriez tellement que, juste une petite fois, la terreur irraisonnée de vous voir partir avec un séducteur texan milliardaire le fasse sauter dans le premier train.

Lui. – Alors, à bientôt... À ton retour, je te présenterai un jeune ménage charmant, tu verras...

Vous ne verrez rien du tout. Vous entendrez simplement, le matin de votre retour, une voix féminine crier dans le téléphone : «Hello, mon petit chou, votre Bobonne n'est pas encore rentrée, j'espère?» Ceci vous amène à décider que, l'année prochaine, au mois d'août, vous resterez à Paris. Vous surveillerez votre mari plutôt que vos enfants. Et vous déjeunerez tous les jours à la piscine où les maris des Autres – celles restées en Bretagne – vous feront un délicieux brin de cour. C'est bien votre tour, non?

LA LETTRE DE CHÂTEAU

Ma chère Grand-mère,

Je t'écris parce que maman m'a dit de t'écrire depuis un mois pour te remercier des vacances super qu'on a passées chez toi. Alors, merci, chère Grand-mère !

On a fait un bon voyage avec Papa, Maman, Marguerite, le chien Dick, les rossignols du Japon dans leur cage et les bicyclettes à l'envers sur le toit de la voiture. Tout d'un coup, Maman s'est mise à hurler comme une folle. Papa a eu si peur qu'il a failli nous jeter dans le fossé. Tout cela parce qu'il y avait une petite-petite fourmi qui grimpait sur la jambe de Maman. Papa m'a dit : « Mon garçon, tu vois, c'est cela les femmes ! » Après, une bicyclette est tombée sur l'autoroute et des gens dans une voiture, derrière nous, nous ont traités de « fascistes assassins ». Alors Papa nous a assurés que les horreurs de la guerre, c'était rien à côté d'un voyage en famille.

Ici, ça va. Dès qu'on est arrivés chez Grand-Papi et Grand-Mamie, il s'est mis *à pleuvoir des cornes*. Maman en a profité pour faire travailler Marguerite qui a plein de devoirs de vacances avant de rentrer en 8e. Maman dit que c'est de la faute de Clint Eastwood. Si Marguerite n'avait pas caché, l'année dernière, la moitié de ses leçons à Maman pour ne pas les lui réciter et regarder à la place les films de l'inspecteur Harris à la télévision, elle ne risquerait pas de redoubler sa 9e. Maman pense que c'est terrible d'avoir une fille qui, à 9 ans, fait déjà des bêtises pour les hommes. Mais c'est vrai que Marguerite est amoureuse de Clint. Elle me l'a avoué l'autre soir. Et elle porte sa montre au poignet droit : c'est comme cela que les filles, à son école, révèlent qu'elles ont un amoureux. Marguerite, dès qu'elle voit des amoureux s'embrasser, elle va les regarder sous le nez. L'autre jour, Rose lui a dit : « Ce n'est pas bien élevé de regarder les amoureux comme cela. » Elle lui a répondu : « Et tu crois que c'est bien élevé de s'embrasser comme cela devant des enfants ? » Moi, je trouve qu'elle a raison.

Avec nos cousins Alain et Jean, on avait trouvé un moyen terrible de se faire de l'argent de poche ! Dès qu'on entendait des poules chanter à la ferme, on courait vite dénicher les œufs, avant Mme Maupas, la fermière. Puis Alain vendait les œufs à Mme Turoulout, l'épicière, contre du chewing-gum et des cigarettes. Mais le petit Jean s'est fait pincer par Mme Maupas. Et il a tout avoué. (Ce n'est pas un homme !) Du coup, tout le monde est devenu furieux. Grand-Mamie a fait une scène à Mme Turoulout en prétendant qu'elle nous encourageait à voler. Et Mme Turoulout a répondu : « Vous n'avez qu'à mieux surveiller vos loubards. » Grand-Mamie a dit : « Madame Turoulout, mes petits-enfants ne sont pas des loubards, j'irai acheter mon épicerie ailleurs. » Alors la moitié du village s'est mise du côté de Grand-Mamie et l'autre du côté de Mme Turoulout.

Pendant ce temps-là, Alain était furieux contre le petit Jean. Il a dit qu'il avait trahi la loi des Petits Dépouilleurs (c'est le nom de notre gang) en nous dénonçant et qu'il fallait le marquer au cutter. Le petit Jean s'est plaint à son père, l'oncle Bruno, qui s'est disputé avec l'oncle Gérard, le père d'Alain. À la fin, ils ont même failli se battre au sujet d'un monsieur Le Pen, des Arabes, du « racisse »... Alors Grand-Papi a crié : « Assez, ou je vous jette tous dehors... »

Mais la plus furieuse de tous c'était Marguerite parce qu'elle avait une peur terrible que Maman la gronde à cause des cigarettes qu'elle fumait en cachette avec Alain. Mais Maman a ri en disant qu'elle savait très bien, depuis longtemps, qu'elle fumait en cachette derrière la haie du potager, qu'on voyait la fumée de toutes les fenêtres de la maison.

Du coup, Marguerite a abandonné le commerce des œufs et le tabac pour la photographie. Avec l'appareil que tu lui as donné pour son anniversaire, elle n'arrête pas de photographier n'importe qui. De travers, bien sûr. Mais Maman dit que c'est très amusant d'avoir la collection des bras et des jambes de la famille et de jouer à deviner à qui cela appartient, ce qu'on saurait immédiatement, tu comprends, si Marguerite photographiait aussi les têtes.

Nous avons été à une vente aux enchères dans une ferme. Maman voulait acheter un service de 78 pièces en porcelaine. Papa lui a dit qu'elle était folle. Qu'est-ce qu'on en ferait ? Bon. Maman n'a pas levé la main et le service a été vendu pour rien à quelqu'un d'autre. Maman s'est mise à bouder. Alors Papa, qui était embêté de voir Maman bouder, a voulu lui acheter une montre en or. Maman a grogné qu'elle avait déjà celle d'oncle Émile, qui était dans une boîte et dont on ne se servait jamais. Et qu'elle préférait un service à escargots. Papa a protesté qu'on ne mangeait jamais d'escargots à la maison. « Parce que justement on n'a pas de service à escargots », a fait Maman. Papa a répondu : « Les escargots me font mal à l'estomac. » « Alors, a demandé Maman, pourquoi en commandes-tu toujours au restaurant ? » Pendant qu'ils se disputaient ainsi comme des chiffonniers, zoum, le service à escargots a été vendu. Maman a juré qu'elle n'irait jamais plus à une vente avec Papa. Ni nulle part.

Heureusement qu'il y a eu la fête au village qui a tout arrangé pour ces deux-là. D'abord les grandes personnes avaient décidé que personne n'irait à la foire, le soir. On ne sait pas pourquoi. Mais les baraques sont venues s'installer devant la maison. Avec des super-disques comme ceux de la *Souris Déglinguée*. Je ne sais pas si tu les connais, chère Grand-mère ? Alors, comme ils ne pouvaient pas dormir à cause du boucan,

Papa et Maman ont décidé d'y aller et nous ont emmenés. Papa n'a pas arrêté de jouer à la loterie. Quant à Maman elle était absolument folle du tir à la carabine. Même que M. Balou, le boucher, a dit que c'était une drôle de championne. Elle a gagné le gros lot : une énorme horloge très laide, a dit Grand-Mamie. Papa a rapporté un nounours bleu avec un seul œil. Marguerite et moi, on avait sommeil et on voulait rentrer. Eux, non... tellement ils s'amusaient. Ils ont même dansé le Gambadou. Le lendemain, Papa a prétendu que cela lui avait coûté plus cher qu'une nuit chez Maxim's. Maman lui a fait remarquer que ce n'était pas chez Maxim's qu'on gagnait de grosses horloges et des nounours bleus à un seul œil. Papa a dit qu'on allait te les donner parce qu'on ne savait pas quoi en faire.

Pendant ce temps-là, moi, j'ai la mélancolie parce que la semaine prochaine, c'est la rentrée.

Je t'embrasse, chère Grand-mère.

Philippe.

LES BONNES RÉSOLUTIONS
DE LA RENTRÉE

Les vacances sont finies.

Vous êtes bronzée, reposée, optimiste. Même Monsieur Rastot, le concierge, vous en fait compliment. Vous vous jurez de conserver tout l'hiver cette personnalité détendue, dynamique, brillante même !

Un seul moyen : *Vivre* (un peu) *pour vous*. Ne pas vous laisser user par les soucis familiaux, dévorer par les tâches ménagères, emporter par les énervements quotidiens.

Vous établissez une liste de bonnes résolutions que vous clouez avec une punaise au mur de votre salle de bains :

1° Faire de la gymnastique tous les jours.

2° Pratiquer un sport.

3° Dormir tard le matin. Les autres membres de la famille feront eux-mêmes leur petit déjeuner. Ah mais !

4° Inviter à dîner toutes vos anciennes amies de classe.

5° Transformer l'appartement.

6° Acheter une lampe pour bronzer, plein de vêtements gais chez Kenzo et un caban en mouton noir (votre rêve).

7° Faire des économies (pour acquérir une maison de campagne où vous irez vous reposer le dimanche).

8° Lire enfin Proust, courir les expositions de peinture, hanter les concerts. Bref, vous culti-ver...

9° Rester calme, quoi qu'il arrive.

10° Rester encore calme, quoi qu'il arrive.

11° Rester toujours calme, quoi qu'il arrive.

Un mois plus tard, vous faites le point :

1° Gymnastique

Résolution tenue... une fois.

2° Sport

Le plus facile à pratiquer est encore la marche à pied. Surtout avec les grèves de transport. Malheureusement vous détestez la marche à pied à Paris. Parce que vos balades se terminent toujours mal. C'est-à-dire par des achats aux-quels vous n'auriez jamais songé si vous n'étiez pas tombée le nez sur une vitrine. Comme ces mules en satin façonné rose dans lesquelles vous trébuchez le matin. Restent les petites pro-menades quotidiennes avec votre chien Dick, d'autant plus nécessaires qu'il a tendance à prendre du ventre. Mais rien ne vous donne plus le cafard que de quitter votre foyer bien chaud pour vous enfoncer loin dans la nuit inconnue et glaciale. Vous vous bornez à rester devant votre porte cochère. Et à remettre au printemps l'exercice d'un sport quelconque.

3° Grasse matinée

Dans un élan de bonne volonté, votre mari a proposé d'emmener les enfants en classe après leur avoir préparé chocolat chaud et pain grillé.

La première fois, votre fille en a profité pour mettre sa robe blanche de première communion et votre fils pour vider une boîte entière de lait concentré en guise de petit déjeuner.

La deuxième fois, ils sont tous arrivés en retard, qui à l'école, qui au bureau. Les enfants ont été collés deux heures le samedi suivant. L'Homme n'a pas ouvert la bouche au dîner.

La troisième fois, vous étiez si inquiète que vous vous êtes levée. Vous culpabilisiez à mort de ne pas remplir votre Devoir d'Épouse et Mère : cela vous empêchait de paresser.

4° Invitations

Vos anciennes copines de classe assomment votre mari. Mais vous devez, vous, supporter cette empoisonneuse de Mylène qui, sous prétexte qu'elle est une amie d'enfance à Lui et qu'ils ont construit ensemble une maison dans un arbre à l'âge de dix ans (souvenir dont l'évocation vous agace prodigieusement), téléphone sept fois par semaine.

5° Appartement

Vous avez transporté le canapé du salon dans la salle à manger, la salle à manger dans la cuisine et le fauteuil de l'entrée dans la chambre des enfants. Personne n'y comprend plus rien. Il y a des pots de peinture et des vieux journaux partout car l'Homme a décidé, à son tour, de repeindre la salle de bains. (Les enfants en profitent pour essayer de ne plus se laver du tout.) Au train où il va, vous en avez pour un an de ce désordre. Vous vous êtes enfin résolue à convoquer le menuisier pour installer des placards. Ce qui doit, à l'avenir, éviter bien des discussions du type : tu-prends-toute-la-place-avec-tes-robes-je-n'ai-pas-même-un-clou-pour-accrocher-ma-veste.

6° Achats

Vous avez couru les grands magasins pour trouver : petites culottes de flanelle, jupes écossaise junior, jeans, chaussettes, chaussures, chandails, parkas, etc. Mais vous n'avez pas de chance. Ou bien vous achetez juste à la taille des enfants et c'est trop petit (et pratiquement neuf) quatre mois plus tard. Ou bien vous choisissez des pulls longs jusqu'aux genoux et des souliers avec trois semelles de mouton à l'intérieur. Mais lorsque vos enfants atteignent enfin la taille de leurs vêtements, ceux-ci sont usés jusqu'à la corde et bons à jeter. Vos fonds sont à sec car vous avez dû également acquérir une librairie de livres de classe, un camion de cahiers, de protège-cahiers, de feuilles à grands carreaux, de feuilles à petits carreaux, un buisson de stylos-bille quatre couleurs plus quelques kilos de gommes à crayon dont vos écoliers font une consommation stupéfiante. Monsieur Kenzo vous attend toujours dans sa boutique. Le caban en mouton noir, aussi. Vous soupirez à haute voix : « Ah, là, là ! Si je n'étais pas une honnête femme... » Et voilà, c'est tout.

Quant à la lampe à bronzer, vous l'avez complètement oubliée.

7° Économies

Les deux premières semaines, vous avez tenu vos comptes tous les soirs. Votre petite famille a pu se régaler cinq fois de gratin de macaronis, quatre fois de hachis Parmentier et trois fois de moules marinières. Devant les tempêtes de protestations, vous avez dû abandonner ces menus économiques. Vous avez calculé d'autre part que si vous économisiez le prix de votre propre bifteck sept fois par mois, vous auriez une maison de campagne dans 902 ans. Vous en venez à la conclusion que votre maison est si bien menée qu'il n'est pas possible de réaliser un sou d'économie supplémentaire. La seule solution serait que l'Homme soit augmenté. Mais lorsque vous lui en parlez, il ne répond que par des grognements. Il grogne encore plus fort lorsque vous proposez de devenir rédactrice-en-chef d'un magazine ou grand reporter et de gagner plus que lui.

8° Culture

Proust vous ennuie mortellement. Vous ne comprenez rien à la peinture conceptuelle ni aux compressions de César. L'Homme prétend, le soir, qu'il est trop fatigué pour aller au concert. Vos seuls efforts pour vous cultiver se limiteront à répéter «La cigale et la fourmi» avec votre fils, la tirade des nez de Cyrano de Bergerac (très à la mode depuis le film...) «C'est un roc!... c'est un pic!... c'est un cap! que dis-je, c'est un cap?... c'est une péninsule!» avec votre fille, et surtout à lire le dernier pavé de Paul-Loup Sulitzer, (lecture nettement plus gaie que celle de Marguerite Duras).

9° Sainte Patience
10° Sainte Patience
11° Sainte Patience

Successivement aujourd'hui, votre fils s'est lavé les cheveux avec votre parfum, votre fille a transformé votre foulard préféré en barboteuse pour le nounours bleu à un seul œil, Mylène a téléphoné pour la soixante-seizième fois (elle est même passée voir votre concierge pour obtenir des détails inédits sur vos vacances), Rose a réclamé une fois de plus un aspirateur neuf, le menuisier n'est pas venu prendre les mesures pour les placards, après vous avoir donné solennellement un rendez-vous pour un certain mardi où vous l'avez attendu sans sortir, toute la journée, l'Homme vient de confondre la maison avec un hôtel en rentrant pour le dîner avec deux heures de retard, sans avoir prévenu.

Alors vous allez dans la salle de bains arracher du mur la liste de vos bonnes résolutions. Vous en faites une boulette que vous piétinez rageusement en prenant la résolution de ne plus prendre de bonnes résolutions.

Peut-être pourrez-vous *vivre pour vous* au ciel. Quand vous y serez. C'est-à-dire bientôt car il est évident qu'ici tout le monde veut votre mort.

NOËL

LES PRIÈRES DE LA NUIT DE NOËL

Pendant la Messe de Minuit, il arrive que les pensées des uns et des autres vagabondent.

Vous

«... Chère Sainte Vierge, serait-il possible que mes enfants et mon mari passent l'hiver sans être malades? Quel bonheur ce serait : pas de grippe en chaîne, pas d'oreillons le soir de mon grand dîner, pas de scarlatine la veille du départ pour les sports d'hiver...

»... Pourquoi faut-il aussi que les enfants grandissent et pas leurs baskets? Ah, ce n'est pas facile, vous le savez bien, d'être mère de famille!... Est-ce que, par exemple, les savants, au lieu d'envoyer des fusées vers Mars (comme si la Lune ne suffisait pas), ne pourraient pas inventer un système magnétique pour que les objets se rangent tout seuls à leur place?...

»... Vous n'imaginez pas le temps qu'une mère de famille perd chaque jour à suspendre des manteaux, des pantalons, des jupes dans les placards, à enfourner des chemises, des chandails, des culottes dans les commodes, à ramasser des jouets après avoir trébuché dessus, à accrocher des torchons, à jeter des vieux journaux, à remettre des verres, des assiettes, des fourchettes dans le buffet (pour les ressortir deux heures plus tard), etc. Sans compter les instants inoubliables passés à traquer la chaussette sur le haut de l'armoire et les courses éperdues à la poursuite du livre de géographie...

L'écolier (meuglant). – Ousqu'est mon liv' de géo ?

La Mère. – Quand on range ses affaires, on les trouve ! Ah mais !

L'écolier (qui n'écoute rien). – J' vais êt' en retard à l'école, moi ! pas marrant ça !... Je vais encore être collé !...

La Mère (à quatre pattes). – Là... il est là... sous le lit...

»... Encore, les enfants, on peut les dresser (essayer de). Mais son propre mari ? En fait, avec le mien, le problème n'est pas là. Mais lorsque je lui vois un air rêveur et tendre et que je l'embrasse en lui posant la question : « À quoi penses-tu ? » il me répond : « À mon estomac » ou « À la partie de tennis que je vais faire dimanche avec Pierre » ou encore « À mon patron ». Chère Sainte Vierge est-ce que de temps en temps, l'Homme ne pourrait pas me mentir un petit peu et m'assurer qu'il songe : « À toi, ma chérie... » ou encore « À la chance que j'ai d'avoir une femme adorable comme toi ». C'est révoltant, à la fin, cette manie qu'a l'Homme de dire des choses aimables à des gens indifférents et de rester muet comme une carpe avec sa propre femme. Vous seriez surprise, chère Sainte Vierge, de voir avec quel enthousiasme le mien supporte, de ses copains, des stupidités qu'il n'admettrait jamais dans ma bouche! Et dès que la petite Céline Z... se met à battre des cils comme une ancienne actrice du muet, le voilà qui fait le beau! Je fais semblant de ne rien remarquer, mais celle-là... si vous pouviez lui couper ses cils pendant qu'elle dort (ce ne serait rien! clic-clac, deux petits coups de ciseaux) vous me feriez un rude plaisir. Ce n'est pas que mon mari ne m'aime pas. Non ! Et moi, je l'adore... Il est merveilleux. Mais c'est un enfant : sans moi il serait perdu. Il y a des choses qu'il ne comprend pas. Alors, si vous pouviez les lui expliquer ?... »

L'Homme

«... Mon Dieu, qu'il fait froid dans votre église! Pourvu que les enfants n'attrapent rien! Par contre, moi, je m'offrirais bien une petite grippe qui permettrait au patron de voir que ce n'est pas Pomard qui fait tout le boulot au bureau... J'espère que ma femme ne m'a pas encore acheté de cravate en tricot. Depuis celle du jour de nos fiançailles, elle m'en a bien offert dix et j'ai horreur des cravates en tricot. Mais vous savez ce que c'est... Si je vais l'échanger, elle en sera malade. C'est une enfant qui, sans moi, serait perdue dans la vie. Elle est attendrissante. Sauf lorsqu'elle est jalouse. Car elle est terrible – vous n'imaginez pas ! – avec mes copains, avec les autres femmes... Par exemple, si jamais elle s'aperçoit que la petite Céline Z..., celle qui a des yeux ravissants et une façon de vous regarder à faire damner un saint, me manifeste une certaine amitié, elle en fera un drame. Mon Dieu, comment lui faire comprendre que si elle n'était pas aussi possessive, elle serait la plus merveilleuse des créatures ?... »

Marguerite

«... Cher Jésus, est-ce que je ne pourrais pas avoir la scarlatine...? Les autres maladies je les ai toutes eues. Juste la semaine prochaine pour couper à la compo de maths avec les chiffres à décimales ? ... Pourvu que Maman ne s'aperçoive pas que j'ai utilisé son peigne électrique, l'autre jour, pour me boucler les cheveux en cachette et que j'ai brûlé sa robe de chambre... le frère de Sophie dit que les boucles, cela me va très bien. Maman préfère la coupe au carré. Nous n'avons pas les mêmes goûts, elle et moi. Par exemple, ce ciré jaune de pêcheur qu'elle m'a acheté sous prétexte que c'était à la mode et pas cher, eh bien... je le HAIS ! Je l'enlève dès que je suis dans la rue. Mais hier, Maman s'est précipitée sur le balcon et m'a vue trempée sous la pluie. Qu'est-ce que j'ai pris au retour !...

Moi, je voudrais un blouson en plastique fluo rose mais Maman dit que c'est vulgaire. Pourtant toutes les filles de ma classe en portent. Pourriez-vous lui expliquer que je suis assez grande pour choisir mes vêtements toute seule ? Et aussi pour aller à la boum* de ma copine Cathy. Maman dit que je suis trop jeune pour aller à une boum. Pourtant toutes les filles de ma classe y vont. Et aussi Renaud. C'est mon amoureux. Il a essayé de m'embrasser, l'autre jour, mais on a eu un problème avec nos appareils dentaires qui se sont accrochés ensemble. Ça ne fait rien, je l'aime. Mais si je le dis à Maman, elle va s'é-va-nouir ! Qu'est-ce qu'elle y connaît à l'amour ? Elle est trop vieille, la pauvre ! Et Papa aussi ! »

Philippe

« ... Cher Père Noël, protégez Papa, Maman, ma sœur, Rose la femme de ménage, Dick notre chien et mon copain Stéphane. Mes parents n'aiment pas Stéphane. Ils assurent que c'est un taré. Maman dit que j'ai le chic pour choisir comme ami le pire voyou de la classe. Papa est d'accord. Ils sont toujours d'accord ensemble ces deux-là, c'est pas marrant... Mais qu'est-ce qui-z-y comprennent aux copains ? Et à notre gang des Petits Dépouilleurs ? Hein ? Tiens ! je voudrais être malade quelques jours. Je regarde-

---

* « Boum » est revenu à la mode chez les 10/15 ans.

rais tous les feuilletons américains à la télé et je ne mangerais pas les légumes du couscous. Que la semoule. Je hais les légumes du couscous. On en a tout le temps à la maison parce que Maman trouve génial quand elle est pressée de n'avoir qu'à passer deux carrés de surgelés au micro-ondes. Pour Noël, est-ce que je pourrais avoir un skate ? Je te promets de ne pas renverser les vieilles dames sur les trottoirs. Enfin, j'essaierai... »

Le petit Jésus

(Il est dans sa crèche, il écoute ces prières contradictoires et lève les yeux au ciel :)

— Mon père, comment allons-nous nous en tirer ?

— Avec un peu d'humour ! dit Dieu.

TABLE

ÉVÉNEMENTS QUOTIDIENS

LES VACANCES

NOËL

Romans sentimentaux

La littérature sentimentale a pour auteur vedette chez J'ai lu la célèbre romancière anglaise Barbara Cartland, qui a écrit plus de 500 romans. À ses côtés, Anne et Serge Golon avec la série des Angélique, Juliette Benzoni, des écrivains anglo-saxon qui savent faire revivre toute la violence des passions (Kathleen Woodiwiss, Rosemary Rogers, Janet Dailey).

BEARN Myriam et Gaston de	**L'or de Brice Bartrès**	2514/4★
BENZONI Juliette	**Marianne, une étoile pour Napoléon**	2743/7★
	Marianne et l'inconnu de Toscane	2744/5★
	Marianne, Jason des quatre mers	2745/5★
	Toi, Marianne	2746/5★
	Marianne, les lauriers en flammes	2747/7★
BRISKIN Jacqueline	**Les vies mêlées**	2714/6★
	Le cœur à nu	2813/6★
	Paloverde	2831/8★
BUSBEE Shirlee	**La rose d'Espagne**	2732/4★
	Le Lys et la Rose	2830/4★
CARTLAND	Voir encadré ci-contre	
CASATI MODIGNANI Sveva	**Désespérément, Julia**	2871/4★
CHARLES Theresa	**Le chirurgien de Saint-Chad**	873/3★
	Inez, infirmière de Saint-Chad	874/3★
	Un amour à Saint-Chad	945/3★
	Crise à Saint-Chad	994/2★
	Lune de miel à Saint-Chad	1112/2★
	Les rebelles de Saint-Chad	1495/3★
	Pour un seul week-end	1080/3★
	Les mal-aimés de Fercombe	1146/3★
	Lake, qui es-tu ?	1168/4★
	Le château de la haine	1190/2★
COOKSON Catherine	**L'orpheline**	1886/5★
	La fille sans nom	1992/4★
	L'homme qui pleurait	2048/4★
	Le mariage de Tilly	2219/4★
	Le destin de Tilly Trotter	2273/3★
	Le long corridor	2334/3★
	La passion de Christine Winter	2403/3★
	L'éveil à l'amour	2587/4★
	15e Rue	2846/3★
DAILEY Janet	La saga des Calder :	
	-La dynastie Calder	1659/4★
	-Le ranch Calder	2029/4★
	-Prisonniers du bonheur	2101/4★
	-Le dernier des Calder	2161/4★
	Le cavalier de l'aurore	1701/4★
	La Texane	1777/4★
	Le mal-aimé	1900/4★
	Les ailes d'argent	2258/3★
	Pour l'honneur de Hannah Wade	2366/3★
	Le triomphe de l'amour	2430/5★
	Les grandes solitudes	2566/6★

CARTLAND Barbara (Sélection)

Amour secret 898/3★	*Duchesse d'un jour* 1609/2★
Escapade en Bavière 931/2★	*L'enchanteresse* 1627/2★
Les feux de l'amour 944/2★	*Le prince russe* 2589/2★
C'est lui le désir de mon cœur 953/3★	*Une douce tentation* 2627/2★
L'impétueuse duchesse 1023/2★	*Le secret de la mosquée* 2638/2★
Cœur captif 1062/3★	*La sirène de Monte-Carlo* 2648/2★
Le corsaire de la reine 1077/3★	*Seule et effrayée* 2649/2★
Séréna 1087/4★	*Le piège de l'amour* 2664/2★
Messagère de l'amour 1098/3★	*Tempête amoureuse* 2665/2★
La fille de Séréna 1109/4★	*Les yeux de l'amour* 2688/2★
Sous le charme gitan 1120/2★	*L'amour sans trêve* 2689/2★
Samantha des années folles 1144/2★	*Lilas blanc* 2701/2★
Le valet de cœur 1166/3★	*La malédiction de la sorcière* 2702/2★
Seras-tu lady Gardénia ? 1177/3★	*Les saphirs du Siam* 2715/2★
Printemps à Rome 1203/2★	*Un mariage en Ecosse* 2716/2★
L'épouse apprivoisée 1214/2★	*Le jugement de l'amour* 2733/2★
Pour l'amour de Lucinda 1227/2★	*Mon cœur est en Ecosse* 2734/2★
Le cavalier masqué 1238/2★	*Les amants de Lisbonne* 2756/2★
Le baiser du diable 1250/3★	*Passions victorieuses* 2757/2★
La prison d'amour 1296/2★	*Pour une princesse* 2776/2★
Le maître de Singapour 1309/2★	*Dangereuse passion* 2777/2★
L'air de Copenhague 1335/3★	*Un rêve espagnol* 2795/2★
L'amour joue et gagne 1360/2★	*L'amour victorieux* 2796/2★
Une couronne pour un roi 1372/3★	*Douce vengeance* 2811/2★
Vanessa retrouvée 1385/2★	*Juste un rêve* 2812/2★
Rencontre à Lahore 1401/2★	*L'amour victorieux* 2796/2★
L'amour démasqué 1414/2★	*Amour, argent et fantaisie* 2832/2★
Un baiser pour le roi 1426/2★	*L'explosion de l'amour* 2833/2★
Lune de miel au Rajasthan 1440/2★	*Le temple de l'amour* 2847/2★
Fortuna et son démon 1454/2★	*La princesse des Balkans* 2856/2★
Un diadème pour Tara 1482/2★	*Douce enchanteresse* 2857/2★
Aventure au bord du Nil 1498/2★	*L'amour est un jeu* 2872/2★
L'étoile filante 1521/2★	*Le château des effrois* 2873/2★
La fugue de Célina 1537/2★	*Un baiser de soie* 2889/2★
La princesse orgueilleuse 1570/2★	*Aime-moi pour toujours* 2890/4★
Rhapsodie d'amour 1582/2★	*La course à l'amour* 2903/3★
Sous la lune de Ceylan 1594/2★	*Un mal caché* 2904/2★

DALLAYRAC Dominique	*Et le bonheur, maman*	1051/3★
DAVENPORT Marcia	*Le fleuve qui tout emporta*	2775/4★
DESMAREST Marie-Anne	*Torrents*	970/3★
FORSYTHE HAILEY Elizabeth	*Le mari de Joanna et la femme de David*	2855/5★

GOLON Anne et Serge

Angélique, marquise des Anges 2488/7★	*La tentation d'Angélique* 2495/7★
Angélique. le chemin de Versailles 2489/7★	*Angélique et la Démone* 2496/7★
Angélique et le Roy 2490/7★	*Le complot des ombres* 2497/5★
Indomptable Angélique 2491/7★	*Angélique à Québec* 2498/5★
Angélique se révolte 2492/7★	*Angélique à Québec* 2499/5★
Angélique et son amour 2493/7★	*Angélique La route de l'espoir* 2500/7★
Angélique et le Nouveau Monde 2494/7★	*La victoire d'Angélique* 2501/7★

Composition Communication à Champforgeuil
Impression Brodard et Taupin
à La Flèche (Sarthe) le 8 novembre 1990
1862D-5 Dépôt légal novembre 1990
ISBN 2-277-11248-8
1er dépôt légal dans la collection : 1967
Imprimé en France
Editions J'ai lu
27, rue Cassette, 75006 Paris
diffusion France et étranger : Flammarion

248